徳間文庫

夫は泥棒、妻は刑事⑳

泥棒たちのレッドカーペット

赤川次郎

徳間書店

目次

プロローグ

今日こそ。

きっと何かが起る。——今日こそ。

ルミには、そんな予感があった。

週末、土曜日の午後で、しかも五月とはいえもう日差しは初夏のようにまぶしい。

でも、風は乾いていて、ブラブラと歩いていても苦にならなかった。

そう。こんな気持のいい日なんだもの。いいことが起きなきゃウソだ！

若者たちが行き来するこの通りを、上田《うえだ》ルミは端まで歩いて、戻ろうと振り向いた。

今日はこれでまだ三往復目だった。

これを戻ったら、あそこでパンケーキ食べよう。お昼になると混み始める。

ルミは、並んだショーウィンドウを眺めながら、ゆっくりと歩き出した。

ルミの目が見ているのは、中の洋服やバッグではない。ガラスに映っている自分の姿である。

なんて可愛いんだろう！　もちろん、同じような格好をしている子はいくらでもいる。でも、こんなに可愛い子なんて、めったにいない。

見落とさないでよ！　未来のスターを捜してるスカウトの人たち。上田ルミは、ここにいるわよ！

日がかげった。振り向くと、大型のバスが停ったところだった。

バスの扉が開くと、バスガイドが降りて来て、

「はい。皆さん、降りて下さい！」

と、声をかける。

バスからゾロゾロ降りて来たのは、野暮ったいセーラー服の女の子たちだった。

「ここに午後一時に戻って下さい！　午後一時ですよ！」

バスガイドは声を嗄《か》らしていたが、降りて来た女の子たちは、ほとんど聞いちゃいない。何人ずつか、グループでワーッと騒ぎながら右へ左へと分れて行く。

「いやね。うるさい……」

と、ルミはちょっと顔をしかめた。

たぶん高校二年生か三年生。――ルミと同じ年代の子たちである。

修学旅行。――ルミはその垢抜《あかぬ》けしない女の子たちを何となく眺めていた。

私も――何年か前にはあんな風だった。

でも、もちろん可愛かったんだ。いくら髪を染めたりメークしても、元が良くなきゃ、人を振り向かせることはできない。

バスから生徒たちが降りてしまうと、ブレザーを着た中年の男が現われて、

「いいか、遅れるなよ！」

と怒鳴った。

その声は誰にも届かなかったろう。

「お疲れさまです」

と、バスガイドが言った。「降りられますか？」

「ええ、まあ。昼も食わんとね。それに先の予定を確かめておかなくては……」

「では、一時にこちらへ」

「むろん、少し早目に戻りますよ。よろしく」

その中年教師がバスを降りて、通りを眺めているのを、ルミはじっと見ていた。

まさか。――こんな所に、どうして？

正面から目が合った。

向うは、気にもせずに歩き出したが……。
二、三歩行って足を止め、振り返った。
「――上田か？」

と、ルミを大きく見開いた目で見て、「上田ルミじゃないか」

ルミはちょっと会釈《えしゃく》して、

「どうも……」

と、小声で言った。

「いや、びっくりしたな！」

こっちこそ、と口の中で呟《つぶや》く。

「上田、すっかり東京の子だな」

と、川崎修《かわさきおさむ》は言った。

「修学旅行ですか」

「うん。お前――」

「ちょっと約束あるんで、さよなら」

急いで言うと、ルミはほとんど駆け出すように歩き出した。

少し行ってから振り向くと、別に川崎は追っては来ていなかった。

「こんな所で……」

と、ルミは肩をすくめて、歩き出した。

横断歩道で、赤信号が変るのを待っていると――。

「すみません」

と、斜め後ろから、「ちょっといいですか?」

「え?」

「この〈P〉っていうお店、どこにあるか分ります?」

さっきのバスから降りて来た、セーラー服の女の子である。手にしたのは、何かの雑誌の切抜きらしい。

そんなの、自分で探せば、と言いたかったが、ルミはそのメガネをかけた女の子を改めて見直すと、

「——寿子《としこ》?」

と、つい言っていた。

「え?」

「結木《ゆうき》寿子……だよね」

その子はメガネに手をやって、

「——ルミ?」

「うん」

「驚いた!」

「久しぶりだね」

と、ルミは言った。

「うん……。言われなきゃ分んなかった！　すっかり変ったね」

と、結木寿子は言った。

「寿子も――」

と言おうとして、ルミは、「少しやせたね」

寿子は声を上げて笑うと、

「無理しなくていいよ！」

と言った。「ま、確かにちょっと食べる量を控《ひか》えてる」

「あ、信号……。寿子、少し話でもする？」

「うん」

二人は、何だか昔に戻ったように、並んで横断歩道を渡って行った。

1　視線

「やっぱりおいしい！」

と、結木寿子はルミの勧《すす》めたチーズケーキをアッという間に食べてしまって、ため息をついた。「こんなの、食べられないよ」

「寿子」

と、ルミはレモンスカッシュを飲みながら、「さっき、川崎先生に会ったよ」

「あ、そうなの？」

「学校、移ったの？」

「知らないの？　廃校になったんだよ、去年」

「え？　そうなのか。──で、先生も生徒も……」

「そう。今の高校へ移ったの。他にも何人かルミの知ってる子、いると思うよ」

「別に会いたくない」

と、ルミは首を振って、「寿子で良かったよ、会ったのが」

結木寿子は、あの山間の高校では、色白で垢抜けした少女だった。文学少女で、マンガしか読まないルミに、よく、

「この小説、面白いから読みなよ」

と、勧めてくれた。

本を借りても、ルミは結局ほとんど読むことはなかったのだが、それでも寿子の気持はありがたかった。

「ルミ。——今、どうしてるの？」

と、寿子は訊《き》いた。

本当に訊きたいことは、それじゃなかったはずだ。でも、いきなり訊くのは、ためらったんだろう。

「あのとき、何があったの？」

「ルミ……」

とは……。

「うーん……。ま、暇にしてるよ」

と、ルミは言った。

「高校は？」

「行ってない。だから今日もこんな所にいられる」

「そう……」

寿子としては、ルミの事情にあまり踏み込んでもいけないと思っているのだろう。でも、「友達として」心配するのも当然だと……。

「でも、色々ね。考えてるんだ」

と、ルミは言われる前に言った。「専門学校とか、ダンススクールとか。自分の好きなことは分ってるから」

「そうか。ルミ、歌とか上手だったしね」

寿子は少しホッとした様子で、「その内、TVでルミのこと、見るようになるかな」

「うん。期待してて」

と、ルミは肯《うなず》いて見せた。「寿子、どこか行きたい所、あるんでしょ？」

「あ……。どうしてもってわけじゃないけど、あれこれ買って来いって、咲子《さきこ》がうるさいから」

「妹さんだっけ。今、いくつ？」

「十五。中三だよ」

「もうそんなか。大きくなった？」

「私より背高いよ」

「本当？　そうか……。ね、寿子、ごめんんね。付合ってあげられるといいんだけど、私、この後、約束あって」

「いいよ、もちろん」

と、寿子は言った。

「〈P〉って店は、あんまり良くない。同じもの、もっと安く売ってる店があるよ」

ルミは、寿子の持っていた切抜きの地図に印をつけると、「この角を曲って、真直ぐだから」

「ありがとう」

「じゃ、私、先に行くね」

「待って。一緒に出よう」

寿子も急いで席を立った。

二人は、各々自分の分を払うと、表に出た。

「じゃ、寿子――」

「ルミ」

と、寿子は言いかけたが、ルミは構わず歩き出して、人ごみの中に紛《まぎ》れて行った。

その男は、ルミと寿子の話を、近くのテーブルで聞いていた。

初めの内は聞き流していたのだが、その内、ふとその独特の声に耳を傾けていた。

いい声というのではないが、一度聞くと忘れない声だ。そして、女の子にしては少し低めだが、聞いていて疲れない、心地よい声だ。

少し可愛いぐらいの子は、この辺を半日ブラついていれば一人や二人出会う。しかし、「魅力のある声」には、なかなか出会わない。

男は少し体の向きを変えて、二人の少女を眺めた。ジロジロ見たのではないが、チラッと目をやれば、大方の様子は分る。

そして二人の話に耳を傾けた。

二人が店を出ると、男も急いで支払いをして外へ出た。

一人は足早に人の流れの中へと消えて行った。男は、残って見送っていたセーラー服の少女に歩み寄ると、軽く肩を叩《たた》いた。

「もしもし、お姉ちゃん？」

結木咲子は、勉強机の上の自分のケータイを手に取って出た。

「どう、東京は？」

と、咲子は言った。

「今日、自由時間があったから」

と、寿子が言った。「あんたの言ってた物、買ったよ」

「あ、サンキュー！　すぐ分った？」

「別の店だけどね。そっちの方がいいって教えてくれて」

「教えてくれたって——誰が？」

「それは……」

と、寿子は言いかけて、「帰ってから、ゆっくり話す。変ったこと、ない？」

「うん、特にないよ。お母さんも元気だし」

と、咲子は言った。

「お母さんにも何か買って行こうと思ってるんだけど、何がいいか分んなくて。——お母さんに何も言わないでね」

「うん、分った」

「あ、それとね、今日あの通りを歩いてたら、スカウトされた」

寿子の言葉に、咲子は唖然《あぜん》とした。

「——お姉ちゃん、今何て言った？　スカート買った？」

「違うよ。スカウトされたの。芸能事務所の人だって」

「お姉ちゃんに何やれって？」

「さあ。名刺くれたけど、詳しい話はしてない」

「お姉ちゃん」

と、咲子は声のトーンをガラリと変えて、「それって、絶対、やらしいことさせようって奴だよ。そんなの信じちゃだめよ」

「誰が真に受けるもんですか」

と、寿子は笑って、「ただ、そういうことがあった、って話。東京らしくて面白いでしょ」

「何だ、それならいいけど」

と、咲子はホッとして、「はっきり言うけど、お姉ちゃんは芸能界に向いてない」

「咲子、それって私が可愛くないってこと？」

「そうは言わないけど……」

「だって、そうじゃないの」

「まあ……客観的に見て、私の方が可愛い」

寿子はふき出しそうにして、

「スカウトされて、ノコノコついてくのは、あんたの方じゃないの？」

と言った。「あ、もう夕食の時間だ。行かなきゃ。お母さん、今日は夜勤？」

「たぶん帰って来ると思うけど」

「じゃ、元気だからって言っといて」

「分った。じゃあね」

咲子が通話を切ると、

「咲子、いるの？」

と、母、文代《ふみよ》が顔を出した。

「あ、お母さん、お帰り。今、お姉ちゃんと話してた」

「何て言ってた？」

「うん、元気だからって、他は——別に」

咲子は、姉がスカウトされたことは話さないことにした。

母が心配するだろうと分っていたからである。

「ご飯、食べた？」

「これから。電子レンジに入れればいいんでしょ？　やるよ」

「じゃ、お願い。今日は急患が多くて大変だったの。シャワーを浴びるわ」

結木文代は四十五歳。看護師として、大学病院でもう二十年以上働いている。

夫と離婚したのは、寿子が四歳、咲子はまだ一歳のときだ。ずっと一人で子供たちを育てて来た。

病院に泊ることも多い母のことを、二人の娘はずっと助けてよく手伝って来たのである。

咲子は、冷凍してあったおかずを電子レンジに入れると、母の分も、食器を並べ、お茶をいれた。

「――スカウトか」

本当にそんなことがあるんだ！

咲子は、姉が可愛いドレスなんか着て歌ったり踊ったりしているところを想像して、笑ってしまった。そして、

「やっぱり、お姉ちゃんには似合わないよ」

と呟くと、「ええと、お皿はこれとこれ……」


「真田《さなだ》君？」

と、真弓《まゆみ》は言った。

ちょっと派手なスーツを着た男は、手にしていたグラスから目を上げて、

「君は……」

「真弓よ」

「ああ！　そうか」

バーのカウンターは、他に客がなかった。

「まだ刑事なのか？」

「ええ。今野《こんの》真弓。結婚したの」

「そいつはおめでとう」

と、男は言った。

「あ、ちょうど来たわ」

真弓は、淳一《じゅんいち》がやって来るのを見て、手を振った。

「待ったかい？」

「今来たところよ。——この人、真田裕介《ゆうすけ》っていって、高校時代の友人」

「どうも、今野淳一です」

「真田です。——ご主人も刑事？」

「いいえ、違うわ。自由業」

まさか「泥棒」とも言えない。

「ま、一緒に一杯」

と、淳一は言った。

「真田君、何してるの、今？　何だかキザな服装ね」

「そうかい？」

と、真田は笑って、「僕はスカウトマンをやってる」

「スカウトマン？」

「町で可愛い子を見かけたら、声をかける。スターになる素質《そしつ》があるかどうか、調べるためにね」

真田は真弓に名刺を渡した。

「へえ……。大手のプロダクションじゃないの」

「まあね。しかし、何十人、何百人も声をかけて、一人か二人、生き残ればいい方だ」

と、真田は言った。「今も電話を待ってるんだがね」

「声をかけた相手からの？」

「うん。今日、昼間見付けた。――ピンと来たんだ。この子はものになる、って」

「電話がなかったら？」

「終りだ。こっちからは連絡できないからね」

「それで――」

と、真弓が言いかけたとき、真田のポケットでケータイが鳴った。

「――もしもし。――ああ、結木寿子君か。待ってたよ！」

真田の声が弾んだ。

「あ……。もしもし」

と、結木寿子は声をひそめて、「すみません、今ホテルの中で、友達が一杯いるんで……」

「うん、分った」

と、真田裕介は言った。「かけて来てくれて嬉しいよ」

「あの……でも、私なんか、やっぱりそういうお仕事には向かないと思うんです」

と、寿子は言った。「今日、一緒にいた上田ルミって子は、可愛いし、そういうことに憧《あこが》れてて、歌も上手ですし……」

「僕はこれまで何百人も、そういう子を見て来た。君の友達も見ていたよ。でもね、あれくらいの子は、それこそいくらだっているんだ。あの通りを一日歩いてれば、スカウトされるのを待ってる子と何人も出会う」

「でも、私なんか、ただの田舎の高校生で――」

「いや、君は自分のことが分ってない。どうだろう。別に無理はしないでいい。何も約束させたりしない。一度会って、話だけでもできないかな」

「今は修学旅行中で……」

「いつまで東京に？」

「あと……四日です」

「自由時間はある？」

「最後の日は一応……」

「じゃ、来週の水曜日だね。何とか時間を作ってくれないか」

「でも……仲のいい子たちで、一緒に色々回ることにしてるので」

「じゃあ、こういうのはどうだろう……」

真田の話の勢いに、寿子はすっかり押し流されてしまった。

「――分りました」

「それじゃ、待ってるよ」

「あの……友達にも内緒にしたいので」

「分ってる。決して無茶はしない」

真田の口調は、寿子がイメージしている芸能界の軽薄な感じとは、ずいぶん違っているものだった。

「あ、友達が探してるみたい。それじゃ」

「寿子君、これ、君のケータイでかけてるんだろ？」

「そうです」

「この番号を登録させてもらっていいかな。いやなら消しておくよ」

寿子は真田の言葉にちょっと詰《つま》った。

「――どうぞ。登録して下さって構いません」

「ありがとう」

「いえ……。じゃあ、水曜日に」

通話を切ると、寿子は汗をかいていた。

「――寿子！　探しちゃったよ」

と、仲のいい子がやって来た。「誰にかけてたの？」

「うん……。ちょっと」

家へかけた、とでも言えばいいのに、つい嘘《うそ》はつけない寿子だった。

「怪しいな！　でも、寿子に東京の恋人がいるわけないし」

「そんなこと――。ね、お土産、いつ買うの？」

と、寿子は訊いた。


「かなり熱心ね」

と、バーで真田の話を聞いていた真弓が言った。「そんなに見込みのある子なの？」

「いや、それは分らない。でも、じっくり話してみたい子なんだ」

真田はカウンターに肘《ひじ》をついて、「ちゃんと水曜日に来てくれるといいけどな」

と言った。

「大丈夫でしょ。あれだけ熱心に口説《くど》いたんだから」

淳一がグラスを空けて、

「真田さんの話し方は誠実だった。きっと、その子も信じてますよ」

「ただね、冷静になって考えたら……。どうしたって、怪しい話ですよ。芸能界へのスカウトなんて」

「お友達がいたの？」

「ああ。一緒にお茶してた子がね。その子は明らかにスカウトされるのを待って、いつもあの辺を歩いてるって感じだった」

「そういう子は魅力がないのね」

「いくらもいるからね。ちょっと可愛いぐらいの子は」

と、真田は言って、「たぶん同郷の子なんだと思うけど、どうも空気が……」

「どうしたの？」

「いや、何だか二人の話に、微妙な感じがあった。——触れちゃいけないことでもあるみたいにね」

「二人が先に東京へ来てたってわけね」

「うん。高校へも行ってないと話してたな。たぶん——故郷を出て来た事情が、何かややこしいんだよ」

真田は息をついて、「一応、あの子のことを社長へ話しとかないと。——会えて良かったよ」

「何か相談したいことがあったら、連絡して」

と、真弓は真田に名刺を渡した。

「ありがとう。——僕が殺されたら、そのときはよろしく」

と、真田は言って笑うと、名刺をポケットへ入れた。

真田が行ってしまうと、

「冗談で終るといいわね」

と、真弓は、真田の名刺を取り出して眺めながら言った……。

2　自由行動

「いいか！　もうお前たちは子供じゃない。自分の行動に責任を取れる年齢だ。馬鹿な真似はするんじゃないぞ」

川崎修は、担任のクラスの生徒たちに言った。

どう言ったところで、空《むな》しいようではあったが、一応言っておかなくては。

「何かあれば、先生たちはずっとホテルにいる。いつでもケータイへかけて来い。いいな？」

「はあい……」

気のない返事が返って来る。もう、誰もが早く出かけたくてたまらないのだ。

「よし。じゃ、気を付けて——」

言い終らない内に、

「ワーッ！」

と、声を上げて、数秒の内に一人残らずホテルから飛び出して行った。

「やれやれ……」

川崎は苦笑しながら、「まあ、大丈夫だろう」

と呟いた。

「川崎先生」

と、声をかけられる。

「ああ、加東《かとう》先生」

「もうみんな？」

「アッという間にね」

「こっちもですわ」

加東まなみは、四十五歳の川崎より一回りくらい年下、三十代半ばの女性教師である。

地味なスーツだから目立たないが、色白で整った顔立ちの女性である。

二人はホテルのロビーでソファにかけると、

「――川崎先生、お出かけにならないんですか？」

「一応、ホテルにいると言ってあるので」

「でも、どうせ連絡はケータイにかかって来るんですもの。お宅へのお土産はどうなさる？」

「そうですね。いくつか買って行かないと。女房から、職場の同僚に何とかいうお菓子を買って来いと言われてます。手帳に書いたんだけど……」

「じゃ、デパートにでも行かれたら？　大丈夫ですよ。みんなそうしてるんです」

元の高校が廃校になって、今の所へ移って来た川崎は、修学旅行もこっちでは初めてである。

「そうなんですか？」

確かに、見ている内に、他の教師たちが次々にホテルから出かけて行く。

「じゃあ……そうするか」

と、川崎は伸びをした。

「私、お付合しましょうか」

「いいんですか？」

「私も買いたいものがあるので」

「そいつはありがたい。どこで買えばいいのやら、分らないんで困ってたんですよ」

――二人は仕度してホテルを出た。

「いや、いい天気だな」

と、川崎は青空を見上げて、「で、どこへ行きますか？」

「銀座のデパートを回ってみましょう。たいていのものは手に入ると思いますよ」

と、加東まなみは言った。「ここからだと地下鉄で一本です」

「詳しいですな、加東先生」

「一応、大学は東京でしたから」

「なるほど」

「こっちです。その角を曲ると、地下鉄の駅で」

——川崎が、いつになく足取りも軽く歩いて行くのを見送っていたのは——上田ルミだった。

二人でどこへ行くんだろ。

ルミは、川崎たちの後を尾《つ》けてみることにした。

ルミは川崎と出会ったあの日、結木寿子と別れてから、あのバスが停っている所まで戻って行った。

そして、一行の泊っているホテルを訊き出したのである。

それでも、川崎に連絡を取ったものか、迷って一日二日とたって行き、今日やっと思い切ってホテルにやって来た。ちょうど入れ違いに生徒たちがワッと出て来て、ルミはもし寿子と出くわしたら、と思って隠れた。

少し待っていたところへ、川崎たちが出て来たのだった。

今日のルミは、いつもと違ってごく普通の女子高校生という感じのブレザー姿だった。

川崎は、もちろんルミが見ているなどとは思ってもいないので、全く気付かず、一緒の女性と笑顔で話しながら、地下鉄に乗った……。


「本当に大丈夫なの?」

と、クラスメイトの一人が言った。

「うん」

結木寿子は、できるだけ「ごく当り前」という顔で、TV局の建物へ入って行った。

すぐにガードマンが寄って来て、

「君たち、何の用かな?」

と訊いた。

「あの……」

と、寿子が口ごもっていると、

「その子たちはいいんだ」

と、声がして、真田がやって来た。

寿子はホッとした。

「やあ、寿子ちゃん」

と話したのである。

「親戚のお兄さんがTV局にいる」

寿子は、真田に言われて、一緒の子たちには、

「久しぶりだ。大きくなったね」

「今日は」

「どうも」

と、寿子は会釈した。「同じクラスの友達です」

寿子たちは四人のグループだった。

「じゃ、ついて来て」

と、真田は受付のカウンターへ行くと、「ここに名前を書いてくれるかな。今はTV局って出入りがやかましいんだ」

もちろん、みんなが面白がって名前を記入すると、真田は、紐《ひも》のついたカードを、

「入館証だ。中にいる間はこれをさげてて」

と、四人の首にかける。

「わあ！　カッコいい！」

と、寿子以外の三人は大喜びである。

「今、ちょうど収録中のスタジオがあるから、案内しよう」

真田に連れられて、四人は明るい廊下《ろうか》をキョロキョロしながら歩いて行った。

「――ここで、クイズ番組の収録をしてる。見物できる席があるから」

真田は、スタジオの一つへ四人を連れて入ると、〈見学者用〉というベンチに座らせて、

「寿子君、ちょっと伝言があるんだ」

「分りました」

と、寿子は立って、「ちょっと出てくるね」

と言ったが、他の三人はろくに聞いていない。

「あ！　あの人――」

「誰だっけ？　お笑いの人だよね」

と、大騒ぎしている。

寿子は真田について、廊下へ出た。

「しばらくは大丈夫だよ」

と、真田は言った。「よく来てくれたね」

「あの……」

「心配しないで。君に会ってほしい人がいるんだ」

寿子は、何を訊けばいいかも分らず、真田について行くことしかできなかった。

〈会議室〉というドアをノックして開けると、真田は、

「結木寿子君です」

と言って、寿子を中に入れた。

寿子は面食らった。面接試験みたいに、正面に四人の大人が並んで、その前に椅子《いす》が一つ置かれているだけだった。

「さ、そこへ座って」

促されて、わけが分らないままに、寿子は椅子にかけた。

「うちの事務所の社長の角田《つのだ》だ」

と、真田が端の男性を紹介して、「隣がこの局のプロデューサー、河並《かわなみ》さん。それから君も知ってるだろ、桜井良治《さくらいりょうじ》さん」

寿子も顔は知っているタレントだった。

「そして、ディレクターの郷野百合子《ごうのゆりこ》さんだ」

「あの……結木寿子といいます」

名のらなければ悪いような気がして、寿子は言った。

「真田君から聞いてたわ」

と言ったのは、女性のディレクターだった。「うん、悪くないわね」

と肯くと、他の三人の方へ向いて、

「どう思う？」

「まあ何とも……」

と、プロデューサーが言葉を濁《にご》す。

「いいんじゃないかな」

と、桜井良治が言った。「アリスとタイプが正反対だから、キャラがかぶらないだろ」

「ともかく真田が惚《ほ》れ込んでるんだ」

と、社長の角田が笑って、「ひと目惚れってやつだな」

「何かしゃべってみて」

と、郷野百合子が言った。

寿子はわけが分らず、

「あの……私、ただここで話を聞いてくれって言われて……」

「この声ね」

と、郷野百合子は肯いた。「うん、いい声だわ。声も出てる。あなた、演劇部にでもいるの？」

「いいえ。ただ――中学校で合唱部に」

「それでね。ちゃんとお腹から声が出てる」

「どういうことでしょうか？」

寿子は真田の方へ目をやった。

「いや、君に強制しようっていうんじゃないよ」

と、真田は言った。「ただ、漠然《ばくぜん》とした話より、具体的にと思ってね。ちょうど、この秋からスタートする学園もののドラマで、主役の三木《みき》アリスのクラスメイト役を探してたんだ。それで、君のことを思い出してね」

初めからそのつもりで呼んだのだ、と寿子にだって分った。

「あの……真田さんにも言いましたけど、私はこういう世界には……」

寿子の話など聞こうとせず、四人が小声で話していたと思うと、郷野百合子が立ち上って、

「一緒に来て」

と、寿子を促した。

「あの……どこへ？」

「いいから。すぐそこよ」

有無を言わせず、という口調に引張られるように、寿子は立ち上って、ディレクターの後について行った。

鏡が並んだ一画へ連れて来られると、

「ね、この子、メイクしてみて。高校生っぽく」

「私、高校生ですけど」

「分ってるわ。でもね、ドラマの中は別の世界なの」

鏡の前に座らされ、美容院みたいに布をかけられると、Tシャツ姿の女性が、さっさとメイクを始めた。

こんな顔、どうしたって変りませんよ、と寿子は心の中で言ったが……。

「髪を少し茶色に」

「困ります。先生に叱《しか》られちゃう」

と、抗議したが、完全無視。

十分ほどして、

「――どうですか?」

「うん、いいわ。じゃ、行きましょ」

寿子はもはや「どこへ?」と訊く元気もなかった。

空いているスタジオへ入ると、

「ちょっと、カメラでこの子、撮ってみて。ライト点《つ》けて」

学校の教室らしいセットができている。その中に座らされて、

「はい。ちょっと先生に発言する感じで手を上げて。――立って。本を持って読んでる感じ」

操り人形になった気分だった。

「校歌、あるでしょ。歌ってみて」

「は？」

「いやなら、好きな歌でいいわ」

半ばやけで、寿子は校歌を思い切り大きな声で歌った。――元の高校の校歌だった。今のはちゃんと憶えていない。

「はい、結構」

と、郷野百合子が言った。

いつの間にか、プロデューサーたちも来ていた。

「真田さん」

と、寿子は教室のセットから下りると、

「私、こんなことするなんて、聞いてません！」

寿子は腹を立てていた。真田の「誠意」を信じていた自分に腹を立てたのかもしれない。

「分ってる。君が怒るのも当然だ」

「元の通りにして下さい。こんな髪でホテルに戻れません」

そのとき、突然、たった今寿子が歌った校歌がスタジオに大きく響いた。

びっくりして振り向くと、大きなモニター画面に、寿子が映っていた。

「やだ……」

と、思わず呟く。

ズームして、画面一杯に寿子の顔が大写しになった。

「やめて下さい！　もう——」

と、寿子は言いかけたが……。

——あれが私？

本当だろうか。そこにいるのは、寿子と似ているが、きりりとした表情の、美しいとさえ言えるような女子高校生だった。

私が……TVに映ってる。

寿子は体が熱くなるのを感じた。

「どうだい？」

と、真田が言った。「自分をTVモニターで眺めた気分は」

寿子は答えられなかった。

「どういうことなんだ……」

川崎は、わけが分らず、自分に向って呟いた。

「別に何でもないわ」

と言ったのは、加東まなみだった。「大人同士ですもの。そうでしょ?」

薄暗い部屋の中、川崎と加東まなみはベッドの中で肌を寄せ合っていた。

ソファには、デパートで買ったお土産の袋がいくつも並んでいる。

その後、デパートの中で昼食をとると、まなみが、

「もう一つ、ご案内したい所があるんですの」

と言った。「それとも他に……」

川崎は別に行きたい所もなかったので、まなみと一緒にタクシーに乗った。

そして……呆気《あっけ》に取られている内、このホテルへ入っていたのである。

「君の旦那はエリート官僚なんだろう」

と、川崎は言った。

「地方の役人なんて、たかが知れてるわ」

と、まなみは言った。「何とか中央に行こうとして、必死で駆け回ってる。――惨《みじ》めなものよ」

「しかし……」

「結婚して六年。子供もできない。そりゃそうよ。外に女を作って、ほとんど家に帰って来ない。当然、私になんか手も触れない」

「意外だったな」

「私たちだけじゃないと思うわよ。他の先生だって……」

「まさか」

「どうでもいいでしょ、他人のことは。私、あなたがうちの高校へ移って来る前から、ずっと目をつけてたの」

「本当に？」

「ね、帰っても続けない？　用心すれば大丈夫よ」

川崎としては、十一歳も若いまなみの体はすばらしく刺激的だった。

「ああ、ぜひ願いたいね」

と言うと、川崎はもう一度、まなみを抱きしめた。


そのホテルの外で、上田ルミは笑みを浮かべて立っていた。

タクシーで後を尾《つ》けて来るのはお金がかかったけど、充分それだけのことはあった。

川崎と加東まなみがホテルに入って行くところを、しっかりケータイで撮っていた。

後ろ姿だが、見分けはつく。

でも、出て来るところも撮っておこう。二人の顔がはっきり分れば、それに越したことはない。

「今日はいい日だな」

と、ルミは上機嫌で呟いた……。

3　古典的

と、髪をきっちり七・三に分けた秘書がやって来ると、「本日はお忙しい中、ありがとうございました」

「ああ、いや……。まあ、他ならぬ八田《はった》君の頼みだからね」

と、「大臣」はわざとらしい口調で、「私などで役に立つかどうか分らんが……」

「とんでもない！　先生にひと言、お口添えいただいたので、もうこちらは大船に乗った気持でございます」

「それほどでもないが……。まあ、多少は力になれたかもしれんな」

秘書が、デパートの紙袋を差し出して、

「これはお口に合うかどうか分りませんが……」

「いやいや、そういうことは困る！　別に謝礼をほしくて来たわけではないからな」

「そんな。これはただのお菓子でございます。奥様やお子様方にと……」

「先生」

秘書は、「ただの」というところに力をこめた。——大臣は肯《うなず》いて、

「そうか。ではまあ、もらっておこう。お菓子ぐらいならな」

「さようでございますとも！　これぐらいはお持ちいただかないと」

大臣は受け取ると、

「では、車を呼んでくれ」

「もう玄関の方へおつけしてございます」

「手回しがいいな」

大臣は、ホテルの宴会場玄関へと足を運んだ。

地方の大規模開発を推進するためのパーティだった。

大手企業がいくつも名を連ねている。——現地では、「山林が失われる」「環境が破壊される」と、反対運動が起っていたが、

「儲《もう》かる話」

の前には、問題にもならず、建設会社を始め、早くも受注合戦をくり広げていたのである。

そのパーティに出席した垣山《かきやま》大臣は、この計画に大きな影響力を持っていた……。

車が、玄関前で待機している。

「——ご苦労さん」

と、垣山は車に乗り込んだ。

運転手がドアを閉める。秘書は、頭が地面につくかというほどの勢いで頭を下げ、車を見送った。

そしてパーティに戻った秘書は、社長の八田へ、

「今、先生をお見送りして来ました」

と、報告した。

「お土産は渡したな？」

「はい、もちろん」

と、秘書は肯いた。

自宅へ戻るハイヤーの中で、垣山は、その「お菓子」の箱をそっと撫《な》でていた。

もちろん、包装紙も、中身も、人気のある菓子である。ただし、本当なら二段になって入っている菓子が、この箱に限っては一段だけ。その下には百万円の札束がきっちり十束納まっている。

まるで時代劇の小判を敷き詰めた菓子折だが、垣山が「現金」を見ることが大好きとよく分っている八田のやり方である。

垣山は、つい口もとに笑みの浮かぶのを止められなかった。

むろん、この一千万は手付で、プロジェクトに垣山が便宜《べんぎ》を図ってやれば、億単位の金が入って来る。ただ、そのときは菓子箱に詰めるというわけにはいかない。

車は垣山の邸宅の前に着いた。

「――ご苦労」

垣山はドアが開けられるのを待って、車を降りた。

「ありがとうございました」

と、運転手が帽子を取って深々と一礼する。

「お忘れ物はございませんか」

そう言われて、垣山は座席を振り返った。

「大丈夫だ」

「失礼いたしました。昨日のお客様がケータイをシートの間に落とされていたものですから」

「そんなうっかり者がいるのか」

と、垣山は笑ってから、門が開くのを待って中へと入って行った。

「――お帰りなさい」

妻が玄関で迎える。

玄関に子供の靴が二足、転っている。

「何だ、来てるのか」

「ええ。さっきお風呂を出たところ」

長男の所の二人の孫だ。五歳の男の子と三歳の女の子。女の子の方がやたら元気で、ここへ来ると、廊下が長いので喜んで駆け回る。

「おじいちゃん！　お帰り！」

パジャマの二人が居間へ駆け込んで来る。

「よく来たな。ちゃんとご飯は食べたのか？」

と、垣山は二人の頭を撫でた。

「あなた、お食事は……」

「パーティで少し食べたが、お茶漬でももらうか」

垣山はネクタイを外し、ソファに放り投げた。

「一郎《いちろう》が何かご相談ですって」

「またか？　金の話じゃあるまいな」

と、垣山は顔をしかめた。

ビリビリと紙の破れる音がして、振り向くと、二人の孫が、あの菓子箱の包装紙を破いているところだった。

「こら！　それはだめだ」

と、垣山が言ったときには、もう包装紙は投げ捨てられて、

「お菓子、食べる！」

「私も！」

と、箱が開けられていた。

中からバラバラとお菓子が落ちて……。

「あらあら、だめじゃないの」

と、妻は言って、「どなたのお土産？　——あなた？」

垣山は呆然《ぼうぜん》と立っていた。

菓子の箱は空になっていた。そして、テーブルや床には菓子だけが散らばっていたのだ。

「どうかしたの？」

妻に訊かれて、我に返ると、

「いや……。何でもない」

垣山はふてくされて、台所へ行くと、冷たい水を思い切り飲んだ。

——八田の奴！

人を馬鹿にしおって！　本当の「菓子」だけよこすとは！

「憶えてろよ……」

と、垣山は呟いた。

垣山を降ろしたハイヤーは、十分ほど走って、人気《ひとけ》のない公園のそばで停った。

「やれやれ……」

エンジンを切ると、運転手は息をついた。

いや、運転手ではない。――今野淳一。

ハイヤーの運転手を薬で眠らせてすり替るくらい、簡単なことだった。

八田の秘書が「お土産」用にどの菓子を買うか、後を尾けて、確かめ、同じ品を買う。あの秘書がお菓子の半分を出して札束を詰めていることも、調査済だった。

そして、車を降りた垣山が、一瞬、座席の方を振り向いたときに、袋の中の菓子箱を入れ替えたのである。

仕事は一瞬で終ったが、準備は充分に時間をかけた。一千万くらいの収入がなくては割に合わない。

淳一は車の中で着替え、あちこちの指紋《しもん》を拭き取った。手袋をはめているが、念のためだ。

札束は自分のバッグへしまい、菓子箱を抱えて歩き出す。

公園のベンチで、ホームレスらしい男が寝ている。淳一はその足下に菓子箱を置いて、少し足取りを速めて夜道を辿《たど》って行った……。

と、川崎は、ホテルの中のゲームセンターで遊んでいる生徒たちへ声をかけた。

「おい、早く寝ろよ」

「はーい」

と、返事はするものの、部屋に戻ったって寝るわけがない。

修学旅行最後の夜だ。少々のことは目をつぶろう。

自分の高校時代を考えれば、今の子たちを叱れたものではない。

「あ、川崎先生で」

ホテルのフロントの人間が声をかけて来た。

「そうですが」

「お電話が入ってまして、お部屋を呼んだのですが、どなたもおられないようで」

「それはどうも。どこで出ましょうか」

「そこの館内電話で。今つなぎます」

誰だろう？　家からなら、ケータイへかけて来るはずだ。

「——もしもし、川崎ですが」

少し間があって、

「先生、この間はどうも」

と、女の子の声。

「誰だ？」

「分らない？　冷たいね」

「――上田ルミか」

「当り」

「よくここが分ったな」

「あのバスのガイドさんにホテルの名前、聞いたの」

「そうか。――何か用があるのか？」

「ちょっと出て来て」

「出る？　どこへ？」

「そのホテルの斜め向いの喫茶店。そこからかけてる」

川崎は少し迷ったが、

「分った。少し待ってろ」

「うん。急がなくていいよ」

と、ルミは言った。

川崎は一応上着を着て、仕度をすると、ホテルを出ようとした。

「あら、お出かけ？」

加東まなみが声をかけて来た。

「ちょっと、以前の高校にいた生徒が近くに来ているんでね」

「そうですか」

まなみは、川崎の方へスッと寄って来ると、小声で、「十二時になったら、ロビーで待ってるわ」

「え……。しかし……」

「大丈夫。心配いらないわ」

まなみはちょっとウィンクして見せた。

——大胆だな、女ってのは。

いささか呆《あき》れながら、川崎はホテルを出た。

喫茶店に入ると、奥の席で上田ルミが手を振った。

川崎はコーヒーを頼んで、

「今日は高校生らしいスタイルだな」

と、ブレザーを着たルミに言った。

「こういう格好が好きな大人もいるからね」

と、ルミは言った。

「大人？」

「そう。男って、いくつになっても、セーラー服とか紺のブレザーとか、好きでしょ」

川崎は苦笑して、

「危い話だな」

と言った。

コーヒーが来て、ブラックのまま飲む。

「――で、何か話があるのか」

「ミルク、入れないの？」

「何だ？」

「コーヒーに、いつもミルクだけ入れてたじゃない」

川崎はちょっと厳しい表情になって、

「そんな話をしに来たのなら、俺は帰るぞ」

と言った。

「その話じゃないよ。でも、もっと『危い話』かも」

「おい、何が言いたいんだ」

「言いたい、っていうか……見せたいだけ」

「何を？」

ルミはテーブルに置いたケータイを手に取ると、ボタンを押して、黙って川崎の方へ向けた。

川崎と加東まなみが、ホテルから出て来るところだった。まなみは川崎の腕にしっかりと寄り添っている。

「お前……」

「このデータ、パソコンに保管してあるからね。このケータイ、取り上げてもむだよ」

「後を尾けてたのか」

「たまたまね。でも、びっくりしたな、二人でラブホテルに入ってくの見たときは」

「どういうつもりだ」

「さあね。先生でしょ、この相手の人も。いいお手本だよね」

「ルミ――」

「今の高校の名前も、電話番号も、ちゃんと調べた。私、これからゆっくり考えるから。このデータをどう使うか」

「金を払えと言うのか」

ルミは不意に立ち上った。川崎は急に少女に見下ろされて、ギクリとした。

「甘く見ないでね」

と、ルミは言った。「私、先生を許してないんだから」

そしてケータイをポケットへ入れると、

「ここ、払っといてね」

と言った。「ごちそうさま」

川崎は、ルミが店を出て行くのを、ただ見送るしかなかった……。

4　転換

「ただいま」

玄関から声がして、

「あ、帰って来た！」

と、咲子はＴＶの前から立ち上った。「お母さん！」

「聞こえてるわよ」

母、結木文代は台所で、「ほら、荷物あるでしょ。行ってあげなさい。ちょうどご飯が炊き上ったところ」

「はあい」

咲子は玄関へと出て行って、「お姉ちゃん、お帰り！」

「うん……」

寿子は、バッグと、大きな手さげ袋を上り口に置いて、「お母さんは？」

「いるよ。晩ご飯にするでしょ？　今、仕度してる……」

咲子は、姉が一人でないことに気付いて、言葉を切った。

「――お客さん？」

「うん。どうぞ」

寿子が声をかけると、スーツにネクタイの男性が入って来た。

「どうしたの？」

と、文代がタオルで手を拭きながらやって来る。

「お母さん。こちら……真田さん」

と、寿子は言ったが、むろん文代も咲子もわけが分らずに目を丸くしているばかりだった……。

そして――三十分後、寿子はまだセーラー服のままで、小さな居間のソファに固くなって座っており、できたおかずは冷めてしまっていた……。

TVには、寿子が映っていた。あのスタジオで撮った映像をDVDで持って来ていたのである。

咲子はただ呆気《あっけ》に取られて、姉が大声で校歌を歌っているのを眺めていた。そして、母、文代は眉《まゆ》一つ動かさず、無表情でTV画面を見ていた。

真田がDVDを止めて、

「いかがでしょう？」

と言った。「私はずいぶん大勢の女の子たちを見て来ました。タレントになりたい、歌手になりたい、TVに出たい、とそれだけの子も少なくありません。しかし、寿子さんには、他の子にないものがある。今の映像をご覧になって、そう思われませんでしたか。ご本人も、やってみたいという気持がある。私たちは決して女の子たちを使い捨てにはしません。預かる以上、責任を持って育てます。口だけだと思われるかもしれませんが、私は名誉にかけて誓います。寿子さんにはちゃんと高校を卒業してもらいますし、希望があれば大学進学にも力になれます。その一方で、歌や演技の訓練も受ける。ただ可愛いだけのアイドルにはしません」

真田は一旦言葉を切った。

寿子はただじっと足下を見ている。咲子は母がどう言うかと見ていた。

しばらくの沈黙の後、文代は深く息をつくと、口を開いた。

「今日はお帰り下さい」

真田は、文代の言葉を予期していたのだろう。口を開きかけたが、文代が続けて言った。

「あまりに突然のお話です。私は、娘の意志を無視するつもりはありません。でも、寿子は今、冷静とは言えません。頭に血が上って、正しい判断ができる状態ではありません。ですから、少し時間が必要です。何日かたって、寿子自身がどう思うか、そこで私どもは話し合いたいと思います。あなたはお忙しいでしょうから、それをここで待ってはいられないでしょう。もし、話し合った後で、真田さんとお会いする必要があれば、私が上京いたします。ですから、今日のところはお帰りになって下さい」

文代の口調は穏やかで、怒りも頑《かたく》なさも感じられなかった。

真田は肯いて、

「分りました。いや、おっしゃる通りです」

と言うと、立ち上った。「お目にかかれて良かった。一緒に来たかいがありました」

「駅まで、バスは少ないので、タクシーを呼びましょう。咲子、タクシー会社に電話して」

「うん、分った」

咲子が台所へ行って電話すると、すぐ戻って、「五、六分で来るって」

「ありがとうございました」

真田は一礼して、「表で待つことにします」

「送るわ」

寿子は、真田と一緒に玄関を出ると、「――せっかく来てもらったのに、すみません」

と言った。

「いや、お母さんは正しいよ」

と、真田は言った。「感情的にならないし、妙に勘《かん》ぐったりしない。いいお母さんだね」

「ずっと看護師やってるから」

「そうか。いつも冷静沈着なんだね」

真田の言葉に、寿子はホッとした。

すぐにタクシーが来る。

「また連絡します」

と、寿子は言って、真田の乗ったタクシーを見送った。

家の中に戻ると、

「おかず、温めてるから、すぐよ」

と、文代が言った。

「うん」

「お姉ちゃん……。びっくりさせないでよ」

と、咲子が言った。

「ごめん。だって、電話で話したって分んないと思ったから」

「でも、あの真田って人、目悪いんじゃない？」

「何よ、それ」

「ご飯にしましょ」

と、文代が言った。「寿子、着替えてらっしゃい」

「あ、そうだ」

まだセーラー服のままだったことに気付いて、寿子はあわててバッグをつかむと、自分の部屋へ駆け込んだ。


「やっぱり、お母さんのご飯はおいしい」

と、寿子が言うと、

「あ、お世辞言ってる」

と、咲子がからかった。

「違うよ」

と、妹をにらむ。

「寿子。――あの真田って人と、どうして知り合ったの？」

と、文代が訊いた。

「うん……」

食べながら、寿子が説明すると、

「本当に、そういう所で、スカウトする人ってウロウロしてるんだ」

と、咲子が感心したように言った。

寿子が、上田ルミと会ったことを話すと、文代はちょっとびっくりしたように、

「上田ルミちゃん？　あの同じクラスだった？」

「うん、そう。びっくりした。それこそ、もうタレントみたいに派手な格好して」

「そう。——今、何してるとか言ってた？」

「学校には行ってないみたいだった。歌とか踊りとか習ってるって。でも、本当かな。出まかせで言ってたみたい」

「そう……」

文代は何か考え込んでいた。

「お母さん、ルミちゃんの所、どうして引越してったの？　私、何も聞いてない」

「そう……。そうよね」

と、文代は肯いた。

「ああ、何だか、急にいなくなったよね？」

と、咲子が言った。

文代は黙って食事していたが、

「寿子、ルミちゃんと今、連絡とれる？」

と訊いた。

寿子は戸惑って、

「何も聞いてない。向うも何も言わなかったし」

「それならいいの」

「お母さん……」

寿子は、ルミとの話を思い出して、

「前の高校が廃校になったこと、知らなかったよ」

と言った。「バスから降りて来た川崎先生に会った、って言ってた」

文代の手が止った。

「川崎先生に？　何か話したのかしら？」

「さあ……。会った、って言ってただけみたいだけど。どうして？」

文代は何か考えている風だったが、

「いいの。気にしないで」

と、また食べ始める。

「お母さん……。教えてよ。気になるじゃない」

文代はちょっと息をつくと、

「そうね。――このことは、他の子に言っちゃだめよ」

ね」

「分った」

「上田さんのお母さんは、父母会のお金を使い込んだの。役員で、会計をしていて
「それで？」

「ずいぶんもめたわ。学校側も、警察へ届けるかどうかで、困ってた。結局、お金の一部を上田さんが返して、事件は終りになった」

「それで引越して行ったのか」

と、咲子が言った。「夜逃げみたいだったもんね」

そう。――寿子もそのことは憶えている。

でも……寿子は、母の話が、すべてではない、と思った。

他にも、何かあるのだ。母の様子から、そう直感した。

「ご飯、おかわり」

と、咲子が空の茶碗を差し出した。

それから一週間、母、文代は寿子に何も言わなかった。

いつも通り、看護師の仕事をこなし、夜勤もあった。

学校では、寿子がちょっとした「時の人」になっていた。――もちろん、真田にス

カウトされたことは黙っていたし、誰も知らない。

ただ、東京のTV局に「親戚のお兄さん」がいて、一緒のグループだった子たちは、バラエティ番組の収録を見学させてもらったということ。それだけで、寿子は「話題の人」になったのである。

中には、

「どうして私を連れてってくれなかったのよ！」

と、食ってかかる子もいて、寿子の方がびっくりした。

それでも、数日たてばみんな日常の生活に戻って、いつもの学生生活が続いていた。

その日、結木寿子は、昼休み、日直の記録ノートを受け取りに、職員室へと向っていた。

みんなお弁当を食べている時間なので、廊下は静かだった。

職員室へ入ろうとして、寿子はすぐ近くから、「上田ルミ」という名前が聞こえて、足を止めた。

「先生？」

と覗《のぞ》いたのは、廊下の角を曲った所で、担任の川崎と加東まなみが話をしていた。

「何だ、結木か」

と、川崎は言った。「どうした？」

「日直なので、ノートを取りに」

「そうか。机の上にある。持ってけ」

「はい。――先生、今、上田ルミのこと話してました？」

「ああ……。そんな子がいたって話を、加東先生にな」

「私、東京で会いました、ルミに」

「会った？」

「ええ。ちょっとお茶飲んだだけでしたけど」

「そうか。変りなかったか？」

「凄《すご》くお洒落《しゃれ》してましたけど」

「そうか。元気でやってればいいが」

「ええ。元気そうでした」

と言って、寿子は職員室へと入って行った。

おかしい。あのとき、ルミは「川崎先生に会った」と言っていた。

それに、今の二人……。

寿子だって、もう子供じゃない。川崎と加東先生が、何か聞かれたくないことを話していたのは察していた。

でも――川崎先生と加東先生？

「まさか」

寿子には、あの二人が「男女の仲」だなどとは想像できなかった。

もしかすると、母から聞いた上田ルミの突然の転校の事情と関係あるのかもしれない。

寿子は、いずれにしろ大した関心を持つこともなく、日直のノートを手に教室へと戻って行ったのである。


土曜日、お昼過ぎに学校から帰った寿子は、母が帰っているのを見て、びっくりした。

「お母さん、今日病院じゃなかったの？」

と、寿子が訊くと、

「他の人に替ってもらったのよ」

と、文代は言った。「寿子、座って」

「うん……」

着替えない内に、居間で向き合うと、文代が、

「よく考えた？」

と訊いた。

もちろん、何の話かは分っているが、こう突然訊かれると思っていなかったので、寿子はちょっと詰《つま》った。

「それは……」

「迷うようなら、やめなさい」

と、文代は言った。

「お母さん。――私、やってみたい」

と、寿子は言った。「だめかもしれないけど、やれるだけやって、それでだめなら……」

「やる気なら、諦めないでやりなさい」

「お母さん……」

「今日、これから東京に行きましょう」

「え？」

「あの真田さんという方に連絡してごらん。今夜にでも会えるなら、参ります、と言って」

「うん。――分った」

寿子の胸がときめいた。

母がそんなことを言ってくれるとは思わなかったのだ。

寿子はすぐに真田に電話した。

「――それは嬉しいな！」

話を聞いて、真田の声は弾んでいた。「待ってるよ。どんなに遅くなってもいい」

「列車の時間が分ったら、メールします」

と言って切ると……。

咲子が立って腕組みしている。

「お帰り」

「お帰りじゃないよ！」

と、咲子は寿子をにらむと、「私も一緒に行く！」

「でも――」

「でもカモもない！　連れてかないなら、お姉ちゃんとお母さん、縛り上げてやる」

「馬鹿言ってないの」

と、文代が出て来て、「一緒に行くのなら、一晩泊る仕度しなさい」

「分った！」

咲子は、自分の部屋へと飛んで行った……。

――娘二人が仕度を始めると、文代は台所に入って、ケータイを手にすると、メモした紙を取り出し、見ながら番号を入れた。

「――もしもし」

かけると、少し用心深い口調の女の声。「どなた?」

「上田さん? 上田さんね。切らないで。結木です。結木文代。寿子の母です」

早口にたたみかけると、少し間があって、

「まあ……。本当に?」

「お久しぶり」

「ええ、そうね。あの――」

「この番号はある人から聞いたの。東京にいるんでしょ?」

「ええ。一応はね」

「実は今夜、ちょっと用があって東京に行くの。明日にでも会えないかしら?」

と、文代は訊いた。

5　夢と悪夢と

「社長」

という声で、八田は目が覚めた。

「ああ……。眠っちまったか」

と、欠伸《あくび》をかみ殺して、「どうした？　まだ連絡はないのか」

「はあ。今のところ」

と、秘書の東《あずま》は言った。「ですが、もうそろそろ……」

「今何時だ？」

「午後三時を回ったところです」

「まあ、何しろ『お役所仕事』だ。手間取ってるんだろう」

と、八田は伸びをして、「下でコーヒーを飲んで来る。ケータイにかけてくれ」

「かしこまりました」

八田は社長室を出ると、エレベーターホールへ向った。

ビルの地下にあるカフェ。——このところ八田がよく通っていることに、東は気付いていた。

そのカフェに新しくやって来たウェイトレスが、なかなか可愛くて、八田好みなのだ。秘書として、社長の女の子の好みぐらい知らなければつとまらない。

「しかし……遅いな」

東は少し不安になっていた。

いや——間違いなく、大臣の垣山に菓子箱に入れた一千万円を渡してある。まず大丈夫だろうが……。

社長室のドアが開いて、

「あら、社長さんは？」

と、秘書課の山根亜紀《やまねあき》が顔を出した。

「今、下のカフェさ」

と、東は言った。「何か用事？」

「今夜の会食のレストラン、予約取れました、って申し上げようと思って」

「じゃ、僕が言っとくよ」

「お願いね」

と言って、山根亜紀は中へ入って来るとドアを閉めた。

「忙しいんじゃないのか」

「キスする時間ぐらいあるわよ」

二人は唇を重ねた。――休みの取れた週末には、一泊旅行もする仲である。

「何を待ってるの？」

「例のプロジェクトさ。今日、担当企業が決る」

「ああ。あなたが例の菓子箱を……」

「おい。その話は極秘だぜ」

「分ってるわよ。それが一段落したら、お休み取れそう？」

「どうかな。――もし社長が下のカフェで成功すればね」

「どういうこと？」

「社長、カフェの女の子に今、熱を上げてるのさ」

「まあ」

亜紀は、ちょっと呆れたように、「私も見たことあるけど……。まだ十代じゃない？」

「たぶん、そうだろう」

「危いわね。秘書としては、ちゃんと忠告してあげなくちゃ」

「ああ、万一そんなことになったらね。おっと――」

社長のデスクの電話が鳴った。「やっと来たか。――はい、もしもし。東だけど……」

話を聞いていた東の顔からサッと血の気がひいた。

「おい、ルミちゃん、手が空いたら、カップ洗っといてくれよ」

カフェのマスターが言ったが、

「今、ルミちゃんは忙しい」

と、八田が返事をした。「な、そうだろう？」

「おじさん次第」

と、ルミは言った。

バーのホステスじゃないのだから、一人の客のそばについてるわけにはいかないが、そこは八田のことをマスターもよく知っている。

「社長、おたくの会議にコーヒー、出させて下さいよ」

と、取り引きしている。

「いいとも。その代り、ルミちゃんを晩飯に誘ってもいいかな？」

「嬉しい。おいしい店に連れてってくれる？」

と、甘えて見せているのは上田ルミである。

昼間、スカウトを待っているだけではお金にならない。ここでアルバイトのウェイトレスを始めた。

「いいとも。何が食べたい？」

と、八田は訊いた。

「私、高級なフレンチって、食べたことないの。一度行ってみたくて」

「よし、超一流の店に連れてってやる。いつがいい？」

と、八田はご機嫌だ。

そこへ、

「社長」

と、東が入って来た。

「どうした？　連絡があったか」

「それが……」

さすがに、東の様子を見て、八田にも分った。

「まさか、そんな……。本当か？」

「はい、メインはT建設が。うちは外縁の緑地とか……」

「馬鹿な！　垣山さんへ電話しろ！」

「はい。しかし……」

「いや、俺がかける」

八田はケータイを取り出した。そしてルミへ、

「ちょっと店を出ていてくれ。マスター、店を一旦閉めてくれないか」

「はあ……」

八田の無茶には慣れているマスターだが、さすがに店を閉めろと言われると、すぐには承知できない。

「頼む。社員用のコーヒーも全部任せる」

「分りました。ルミちゃん、行こう」

マスターはルミを促して店を出た。出がけに〈閉店〉の札を掛けて行く。

「――もしもし。垣山大臣の秘書の方ですか。H建設の八田ですが、先生とお話ししたいので……」

八田は、そう言ったきり、しばらく向うの話に耳を傾けていたが……。

やがて、

「分りました。では改めまして先生には――」

切られてしまったらしい。

「――どうですか？」

と、東は訊いたが、八田の目が怒りをこめて自分に向くのを見て、逃げ出しそうに

なった。

「貴様！　何をやらかしたんだ！」

「社長――」

「あの菓子箱には、菓子だけしか入っていなかったんだ！」

東は仰天した。

「そんな……。あり得ません！　間違いなくお渡ししました」

「しかし、向うはそう言っている」

「だって……一千万はどこへ行っちまったんです？」

「知るか！」

八田は怒りのやり場がない様子で、「ともかくお前の責任だ！　大臣の所へ行って謝って来い！　何としても、うちのポジションを取り戻すんだ！」

「はい、しかし……」

「入れ忘れたとでも言って、ともかく大臣の怒りを鎮《しず》めて来い！　分ったか！」

「はい……」

東は真青になって、今にも倒れそうだった。

すると――。

二人は、いつの間にかウェイトレスのルミが戻って来て、そこに立っているのに気が付いた。

「――社長さん」

と、ルミが言った。「そんなに怒っちゃ可哀《かわい》そうよ」

「君……」

「わざと、そんなことするわけないじゃない。ねえ？　――ただの間違いよ。人間、誰だって間違いはあるでしょ？」

八田は息をついて、

「まあ……君の言う通りだな」

と、ハンカチを出して汗を拭くと、「しかし、これは会社にとって、大変な損害なんだ」

「でしょうね」

と、ルミは肯いた。「じゃあ……その大臣さんに機嫌を直してもらえばいいんでしょ？　もし良かったら、私、行って謝ってあげる」

八田が目を丸くしてルミを見た。

「そうびっくりしないでよ」

と、ルミは言った。「こう見えても、私、おじさまに好かれるの。社長さんみたいなね」

八田はちょっと笑って、

「いや、君の気持はありがたい。しかし、大臣とは会うだけでも容易じゃない。俺が行っても、会ってくれるかどうか……」

「だったら、私一人で行くわ。大臣さんだって、パーティに出たりしたら、トイレぐらい行くでしょ。私、すぐ仲良くなれると思うわ。きっと」

八田と東は顔を見合せた。——二人の顔に、血の気が戻っていた。


「やあ！」

真田は、ホテルのラウンジで、真弓とひょっこり出会って、声をかけた。

「あら、真田君」

「偶然だね。これもきっと運命だ」

「何が？　私には愛する夫がいるのよ」

「分ってるよ！　憶えてる？　この前会ったとき、僕が見付けた女の子のこと」

「ああ、新人の。その後、どうなったの？」

「今日、これから会うんだ。今夜、東京へやって来るんだよ」

「へえ。それじゃ、いよいよタレントになるの？」

「そうとは決ってない。でも、可能性はぐっと増えた」

「ま、しっかりね」

真弓は、ちょうど淳一がやって来るのを見て、手を振った。

淳一と真弓はラウンジの奥の方に座った。

真弓の話を聞いて、

「そうか。じゃ、努力が実を結んだってわけだな。もっとも、その先は当人の努力だが」

「あ、あれかしら」

ラウンジへ、母娘連れが入って来た。

地味な感じの母親と、二人の娘。——真弓は、真田の様子を見て、
と言った。「お姉ちゃんの方ね、狙いは。妹も可愛いけど」

「かなり本気ね」

「そうだな」

淳一はコーヒーを飲みながら、「これから何が待ってるか、あの子には想像もつかないだろうな……」

と言った。

「お腹空いたわね」

と、真弓は言った。「せっかくホテルに来たんだから、どこかで夕食にする？」

淳一はコーヒーを飲みながら、

「それはいいけど、何か仕事があってここへ来たんじゃなかったのか？」

「あ、そうだったわ」

真弓は平然と、「いやね、忘れちゃったじゃないの。あなたがあんまりすてきなんで」

「おい……」

「上の宴会場のパーティに、大臣の垣山が来るの」

と、呼び捨てにしている。

「ほう。知り合いなのか？」

「まさか。昨日、ある建設会社の社員が自殺したの」

「それが、垣山と関係があるのか？」

「その人のケータイにね、〈垣山大臣に化けて出てやる〉ってメモが残ってた」

「そいつは怖いな」

「ねえ。垣山に話を聞こうと思って」

「もしかすると、今日の決定と関ってるのかもしれないな」

「今日の決定？　ＴＶ番組のタイトル？」

「違うよ。今日の昼間、大規模開発のプロジェクトの担当企業が決った。垣山大臣のひと言で話がつくって評判だ」

「じゃ、自殺した人は――」

「うまく大臣のご機嫌を取れなかったんだろう。どこの社員だ?」

「ええと……。〈N建設〉」

「そうか」

淳一は内心ホッとしていた。あの菓子箱をすり替えたのが原因だったら、少々後味が悪い。

「でも、仕事が取れなかったぐらいで自殺するなんてね! 人生、楽しいことだって沢山あるのに」

「パーティは何時からだ?」

「ええと……。あ、もう始まってるわ。行きましょ。何をグズグズしてるの?」

淳一は苦笑して、

「払って行くから、先に行ってろよ」

「そう? じゃ、道田《みちだ》君をあんまり待たせても可哀そうだから、先に行ってるわね」

「おい、何のパーティなんだ?」

と、淳一は訊いたが、もう真弓はさっさとラウンジを出て行ってしまっていた。

「やれやれ」

行けば分るだろう。——淳一は、レジで支払いをして、エレベーターへと向った。

「初めは小さな役です」

と、真田は言った。「もちろん、発声から仕草まで、演技はちゃんと基礎から学んでもらいますが、まず現場の雰囲気に慣れてもらいたいんです」

「じゃあ……」

「三木アリス主演のドラマが、もうすぐ収録開始です。そのクラスメイトの役で、寿子さんに出てもらいます」

いざとなると、寿子の方も顔がこわばってくる。

「あ、それと——」

と、真田は言った。「メガネは……。コンタクトを作りましょう。すぐ作れますよ」

「はい。でも、かけないと困るほど悪いわけでは……」

と、寿子はメガネを外した。

「お姉ちゃん、メガネ外すと、なかなか可愛い」

と、咲子が言ったので、みんな笑った。

「——しかし、ホッとしました」

と、真田は言った。「今年一番の掘出し物になること、間違いなしです」

「みんなにそう言ってるんでしょ」

と、寿子はからかった。

「真田さん」

と、母、文代が言った。「この子をよろしくお願いします。見込み違いと思ったら、すぐ送り返して下さい」

「お母さん、荷物じゃないのよ」

「いや、ご心配なく。明日にでも、ちゃんと契約書を作って、社長と会っていただきます」

「契約金、いくら？」

と、咲子が口を挟んで、寿子ににらまれている。

「今夜はこちらにお泊りですか？　では、ホテル代はこちらで持たせて下さい」

「そんなわけにはいきません」

と、文代は断った。

「真田さん、母には勝てませんから」

と、寿子は言った。

「大臣。どうぞこちらでお休み下さい」

パーティの主催者が、垣山を案内したのは会場のすぐそばの小部屋で、

「おい、何か食うもんを持って来てくれ。昼をほとんど食っとらんのでな」

「かしこまりました！　適当に盛り合せまして……」

「ああ、任せる」

垣山はソファに身を沈めると、「スピーチはいつごろだ？」

「はい、予定ではあと十分ほどで……。よろしいでしょうか」

「分った。呼びに来てくれ」

「かしこまりました！」

垣山は大欠伸をした。――パーティに出るのも、一日に二つ三つ当り前なのだ。

ひと言スピーチして帰ればいいのだが、その間の移動が疲れるのだった。

本来なら、垣山はパーティで「先生、先生」と持ち上げられるのが嫌いではない。

しかし、それも一晩に二度三度となると、疲れる。

まあいい……。垣山は眠くなっていた。

さっきの男が、すぐ戻って来て、寿司だのローストビーフだのを並べた大皿を置いて行く。

「やれやれ……」

どのパーティも、大体出るものは同じだ。

垣山ははしを取って、寿司をつまんだ。

うん、このホテルの寿司はなかなかしっかりしている。中にゃひどいのもあるからな……。

「うん？」

今夜はどこのパーティだったかな？　スピーチの中身が……。

まあ、秘書に訊こう。どうせスピーチの中身はあいつらが考えているのだ。

「はしでローストビーフは食いにくいな」

と、文句を言っていると、ドアが開いた。

もう時間か？　ドアの方を見た垣山は、そこにどう見ても十代の少女が立っているのを見て目を丸くした。

「あ、ごめんなさい！」

と、少女は言った。「部屋を間違えたのかなあ」

「何だね、君は？」

と、垣山が訊く。

「知り合いの知り合いがパーティやってるって言われて……。時間に遅れちゃったんで、ちゃんと会場確かめないで来ちゃった。控室にいるって言われてたから……。あ！　お寿司、おいしそう！」

ないや」

と、大皿を見て、「わあ、豪勢ね！　私の出るパーティ、絶対そんなにいいもの出

まるでTVから抜け出て来たような可愛いドレスを着ている。——可愛い子だ、と

垣山は思った。

「ね、おじさん。私、お腹ペコペコなの。それ、少しもらってもいい？」

「ああ。食べなさい。はしも余分にある」

「わあ、やった！」

少女は垣山と並んでソファに座ると、さっさとはしを割って、寿司を食べ、「——

おいしい！　高いよね、きっと。いつものコンビニのお寿司と全然違う！」

少女は、残っていた寿司を全部平らげてしまうと、

「あ……。食べちゃった。いけなかった？」

垣山は笑って、

「いや、構わんよ。パーティに出れば、いくらでも食べられる」

「もう食べちゃったしね。——これ、何なのかしら？」

「フォアグラだ」

「それ、何？」

と、少女は言って、「ともかく——ごめんなさいね！　図々しく」

「いいよ。君はいくつだ?」

「十八。おじさんは?」

おじさんか。

「私は六十五だ」

「へえ。おじいちゃんと同じくらいだ」

と、少女は言った。「私、タレントの卵なの」

「ほう」

「歌も踊りも、なかなかのもんなのよ」

「いずれスターになるか」

「でもね、ああいう世界って、コネがないと……。スターに憧《あこが》れる子なんて沢山いるでしょ?」

「そうだろうな」

「私、上田ルミっていうの。憶えといてね」

「上田ルミか。——憶えておこう」

「お茶もひと口……」

ルミは、大皿の上の料理を、ほとんど平らげてしまった。

「おいしかった! おじさん、いつもこんなもの食べてるの? 太るわよ」

「もう太っとる」

「そうね」

ルミは弾けるように笑った。

垣山は、その笑顔に一瞬ドキリとした。——馬鹿な！　こんな子供にドキリとするなんて！

ドアをノックする音がして、

「大臣、お願いいたします」

「分った」

垣山は立ち上ると、「君、一緒に来ないか。パーティの料理はどうせどっさり余っとる。よかったら食べて帰りなさい」

「いいの？　やった！」

と、ルミは飛び上った。

迎えに来た男が、中を覗いて目を丸くしていた……。

6　死者の恨み

「今後は幅広く業界を支えて活躍されるよう願っています」

誰にでも向くようなスピーチは、いつも垣山が、「パターンの三番」と呼んでいるものだった。

会場が拍手で満たされる。――ともかく、誰だかよく知らないが、個人の祝賀パーティに「大臣が来た」ということが大切なのである。

垣山は壇から下りた。

ちょうどすぐそばのテーブルで、上田ルミがせっせと食事している。

「旨《うま》いかね？」

「あ、おじさん！　――ごめんなさい。凄く偉い人だったのね」

「別に偉くはないよ」

と、垣山は笑って言った。

「――大臣！　ありがとうございました」

と、主催者と今日の主役が礼を言いに来た。

「いやいや、私もゆっくりしたいが、次の予定があるのでね」

「本当にお忙しいところを……」

くどくどと礼を言われる。垣山はいささか面倒になって来た。

「大臣、お時間が……」

秘書がうまいタイミングで声をかける。

「うむ。では、これで」

と、適当に会釈して、その場を離れようとしたが、ふと足を止めると、

「君、一緒に来ないか」

と、ルミへ声をかけた。

「え？」

「よかったら、下のロビーにおいで」

そう言って、垣山はパーティ会場を出た。

――ルミは、ケータイを取り出すと、

「――もしもし。私、ルミ。――ええ、うまく食いついて来たわよ」

と、言うと、「ちゃんと約束のお金はちょうだいよ」

と、付け加えた。

「失礼ですが」

パーティ会場を出て来た垣山大臣に、真弓は声をかけた。「垣山さんでいらっしゃいますね」

垣山についていた男の秘書が、

「君、失礼だろう。『垣山さん』とは何だ。『垣山大臣様』と呼びたまえ」

「だから『失礼ですが』と言ったでしょ」

真弓はそんなことで負けてはいない。

「何者だね、君は？」

「警視庁捜査一課の今野真弓です」

と、身分証を見せて、「垣山さんに、少々伺《うかが》いたいことがありまして」

「ほう、女刑事さんか。珍しい」

と、垣山が興味を持ったようで、「何の用かね？」

「〈N建設〉の大月《おおつき》さんをご存知ですか？」

「大月？　そんなのがいたかな」

と、秘書の方を見る。

「いつか、突然事務所へ来て土下座した男じゃないですか」

「ああ、あいつか」

垣山は肯いて、「しかし、それがどうかしたのか」

「大月さんは亡くなりまして」

垣山はちょっとびっくりしたようだったが、

「――大月という男は殺されたのか」

と訊いた。

「いえ、自殺です」

「なら、私とは関係なかろう」

「メモを残しておりまして、垣山さんを恨《うら》んで亡くなったようです」

「そんなことぐらい、珍しくない」

と、垣山は肩をすくめて、「で、何かね？　その男が化けて出るとでも？」

「詳しい理由を伺いたいので」

「いちいち憶えとらんな」

と、アッサリ言って、「では、失礼。先を急ぐのでね」

垣山はさっさと行ってしまった。

「もういいとも言わないのに」

と、真弓は眉をひそめて、「少しばかり、お灸《きゅう》をすえてやらなくちゃ」

そして、周りを見回すと、

「あら？　あなた。――どこ？」

「ここだ」

淳一は、パーティ会場の受付のテーブルのかげから立ち上った。

「そんな所で何してるの？」

「ちょっとこの人に用があってね」

淳一のそばにゆっくりと立ち上ったのは、いささかやつれた感じの中年女性だった。

「あなた……。その人と浮気してたの？」

「こんな所で浮気できるか」

と、淳一は苦笑して、「この人が、垣山大臣を待ち伏せしてたので、止めたのさ」

「待ち伏せ？」

その女がワッと泣き出した。

「あなた、もしかして……」

「見当がつくだろ。垣山を恨んで自殺した大月さんの奥さんだよ」

と、淳一は言って、「これはなかったことにしとけ」

と、小ぶりの先の尖《とが》った包丁を真弓に渡した。

「すみません……」

と、女は涙をハンカチで拭《ぬぐ》うと、「大月冬子《ふゆこ》と申します」

「まあ、落ちついて」

と、淳一は女の肩を軽く叩いて、「あんな男を刺して、刑務所へ入っても、亡くなったご主人は喜びませんよ」

「はい……。何だか夢からさめたような気がします」

と、大月冬子は言った。

――淳一と真弓は、冬子をラウンジへ連れて行った。

「甘いものを食べるんですよ」

と、真弓は言った。「おいしい、と思ったら立ち直れてる証拠」

「まあ……」

大月冬子はやっと微笑《ほほえ》んだ。そこへ、

「真弓さん！」

と、やって来たのは部下の道田刑事。

「あら、どこにいたの？　先に来てると思って捜したわよ」

「あの……真弓さんから言われていたのは、ここじゃなくて別のホテルだったので
……」

「あら。私、間違えたかしら？」

「いいえ。きっと僕が聞き間違えたんです！　このところ少し耳が遠くなっていまして」

「まあ、まだ若いのに。だめよ、用心しなくちゃ」

真弓の方が間違えたに決っているのだが、真弓をひたすら想い続けている道田刑事はそうは言えないのである。

ともかく、道田も加わって、

「あの……お腹が空いていて……」

おずおずとカレーライスを頼んだ。すると、大月冬子が、

「私も、お腹が空いてました。忘れていましたわ」

と、一緒にカレーを注文して、結局四人でカレーパーティの様子になった。

「あの人たち、まだいるわ」

と、真弓は離れたテーブルで話している、真田たちへ目をやって言った。

淳一は、エレベーターから降りて来た女の子に目をとめた。さっきのパーティ会場にいたような……。

ラウンジからはホテルのロビーが見える。

ロビーで女の子を待っていたのは、さっきの垣山の秘書だ。

そのとき、

「それも知っていたようですが、主人の会社には、そんな余裕はありません」

「では、ひたすら頼むだけで？」

「そしたら、垣山さんの秘書の方から耳打ちされたそうです。『お宅にはお嬢さんがおられますよね』と……」

「――何ですか、それ？」

と、真弓が身をのり出す。

「うちの一人娘はハルといいます。私は冬に生まれたので冬子という名になったのですが、娘は春先に生まれたので、カタカナで〈ハル〉と……。今、二十歳の大学生です」

冬子はちょっと水を飲むと、「娘はどういうわけか、主人とも私ともあまり似ていなくて、なかなか可愛いんです。垣山さんの秘書は、『先生は若い女の子と食事するのがお好きですから』と……。主人があんまりうるさく付きまとうので、きっと色々調べたんでしょう」

「それって……」

「むろん主人も心配しました。いくら何でも時代劇じゃあるまいし、娘を代官へ差し出すなんてことは……。秘書の方に確かめると、笑って、『もちろん食事だけですよ』ということだったそうで。ハルを説得して、夕食を垣山さんとご一緒させることになったのです」

「それで？」

「ハルはずいぶんワインを飲まされたようで、おかしいなと思ったそうです。そうしたら、帰りに車の中で、ホテルへ行こうと言われ……」

「何て奴かしら！」

真弓は早くも顔を真赤にして怒っている。

「でも、幸いハルはとてもアルコールに強いんです。体質でしょうか。酔い潰《つぶ》れなかったので、頑として拒んで、途中で車を降りたんです」

「無事で良かったわ！」

「でも、主人は困りました。むろん垣山さんの方が悪いのですが、といって文句も言えない。それで主人は垣山さんのところへ出向いて、土下座して詫《わ》びたのです」

「それで垣山は？」

「笑って、『いや、いい娘さんだ』と言って、『君の所へも仕事を回すから安心しなさい』と言ったそうです」

「なるほど。ところが——」

「主人は安堵《あんど》して、社長さんにも報告しました。ところが——発表されると、主人の会社は全く入っていなかったのです」

と、冬子は声を詰らせて、「社長さんからは役立たず、と怒鳴られ、主人は夢の中にいるような様子で帰って来たのです。そして……。心配なので、気を付けていたのですが、風呂へ入って、鼻歌など歌っているので安心していると、主人は風呂の中で手首を切って……」

冬子はハンカチで涙を拭った。

「私、しくじったわ」

と、真弓が言った。「さっき、垣山を射殺しておくべきだったわ」

「おい、刑事のセリフにしちゃ問題だろ」

と、淳一が言うと、冬子が泣き笑いの顔で、

「いい方ですね、奥様は」

すると、そこへ、

「お母さん！」

と、怒鳴り声が飛んで来た。

冬子がびっくりして、

「まあ、ハル！　どうしたの、あなた」

「どうしたの、じゃないよ！　凄い顔つきで出かけてったと思ったら、包丁が一本なくなってるじゃない。もう気が気じゃなくて……」

「包丁、返すわね。ないと困るでしょ」

と、真弓が、冬子から取り上げた包丁を差し出した。

「あなたは?」

と、その娘はふしぎそうに、「大体、お母さん、何でこんな所でカレーライス食べてるの?」

7　入り組んだ一夜

「母がご迷惑かけました」

大月ハルは、真弓と淳一の話を聞いて、言った。

話を聞いている間に、カレーライスがもう一つ追加されていた……。

「あんな大臣、放っといたって失脚するよ」

と、ハルは母、冬子に言った。「力がなくなって、人から忘れられるのが、ああいう奴には一番辛いのよ」

「いや、ハルさんは頭がいい」

と、淳一が感心して、「全くその通りですよ」

冬子が言った通り、少し童顔で丸顔のハルは、高校生と言っても通りそうで、可愛い。

「今度垣山が誘って来たら、OKしてやって、大スキャンダル起してやろう」

と、ハルは言った。「ごちそうさま」

さっさとカレーを平らげたのである。

「そのことだ……」

と、淳一は言って、「どうやら、あちらも話が終ったらしい」

真田があの母娘と席を立つところだった。そして、真弓の方へやって来ると、

「紹介するよ。今度うちの事務所からデビューする、結木寿子君だ」

「頑張ってね」

と、真弓は寿子と握手《あくしゅ》した。

「お母さん」

と、妹の方が言った。「私もカレー食べたい」

「ごめんなさい！　夕ご飯を忘れてたわね」

「よかったらご一緒に」

と、淳一が言った。「カレーライスは誰でも好きですからね」

かくて、カレーパーティはさらに人数を増やすことになった……。

「凄いなあ、捜査一課の刑事さんなんて」

と、咲子がカレーを食べながら言った。「私もなりたい！　女刑事なんて、かっこいいじゃない！」

「あんたは何にでもなりたがるのね」

と、寿子が冷やかした。「タレントと刑事、兼業にする？」

「ところで」

と、淳一が言った。「さっき、寿子君が友達を見かけてびっくりしていたね」

「あ……。上田ルミのことですか」

「あれが真田さんの言っていた、もう一人の女の子？」

「そうです。パッと見には可愛いけど」

と、真田が肯く。

「さっきその上田ルミという子が話していたのは、垣山大臣の秘書です」

大月冬子の事情も聞いていたので、寿子は、

「じゃ、もしかしてルミが……」

「いや、こちらのハル君の場合とは違うだろう。僕はパーティ会場で、垣山がルミという子と話しているのを覗いていた。あの子の方から垣山に近付いたようだ」

「どういうこと？」

と、真弓は眉をひそめて、「垣山を射殺する理由にならないの？」

「その前に」

淳一は結木文代の方を向いて、「上田ルミとどういうご関係が？」

と訊いた。

結木文代は、自分が訊かれると思っていなかったのだろう。ちょっとの間、返事ができなかった。

「いや、突然すみません」

と、淳一は言った。「さっき、上田ルミという子を見たときのご様子が、普通でなく見えたので」

「はあ……」

文代は、カレーのスプーンを置くと、「いえ特にどうというわけでは……」

「お母さん、言ってたじゃない」

と、寿子が言った。「ルミが急に転校して行ったわけ」

「まあね……。でも……」

と、文代は口ごもっている。

「いや、無理にお話しいただかなくても」

「実は、あの子の母親と親しくしていたので……。学校でのトラブルがありまして」

文代は、寿子に説明した通りをくり返した。

「なるほど」

淳一は肯いて、「ルミって子は、寿子君がデビューすることを知ってるのかな?」

「知らないと思います」

と、寿子は初めて気付いたように、「ルミ、怒るだろうな」

「そうね」

と、文代は言った。「でも仕方ないわよ。あなたが決めたわけじゃないんだから」

「そうそう。僕にかみついて気がすむなら、いくらでもかまれるよ」

と、真田が言った。

「もしかして、芸能界に入るために、垣山に近付いたのかしら」

と、真弓が言った。

誰もが一瞬沈黙してしまった。——少しして、真田が、

「それはあり得るかもしれないな」

と言った。「何しろ垣山大臣は実力者で、各TV局の社長とも親しい」

「しかし、十八歳の女の子が、いきなり大臣に会おうとするというのは不自然だ」

と、淳一が言った。「誰かが背後にいると考えた方がいい」

「何が目的なのかしら」

と、真弓は首をかしげた。

「それより、もし、ルミって子が今夜垣山大臣と付合うようなことがあれば、こいつは犯罪だぞ」

「本当だわ」

と、真弓は目をむいて、「どうして早く言わないのよ！」

「まあ待て。確実にそうだってわけじゃない。それに、垣山のせいで自殺した大月さんのことが、第一だろ」

「あの男を、とことん地獄の底に叩き込んでやる！」

と、ハルが言った。

冬子はハルを見て、

「私より、あんたの方がよほど過激よ」

と言った……。


「凄い車！」

と、ルミは興奮気味である。

垣山とルミを乗せた大型の外車は、ホテルの正面を出て、広い通りへと滑るように静かに走り出した。

「どこに行くの？」

と、ルミは垣山の手に自分の手を重ねて言った。

「すぐ近くだ」

と、垣山は言った。

車は出たホテルの周りをグルッと回って、〈P〉の文字の入口から入って行く。

「え？　ここ、今のホテルじゃないの？」

と、ルミがキョトンとしている。

「いいんだ、ここで」

と、垣山はニヤリと笑って、「このホテルは、地下の駐車場から直接エグゼクティブフロアへ上れる」

「へえ……」

ルミはよく分っていない。

車が駐車場の奥まった場所に停ると、垣山はルミを促して降りた。目の前にエレベーターがある。

「おじさん……」

「いいだろう？　悪いようにはしない」

「でも……。私が芸能界に入れるようにしてくれる？」

「スターになりたいか」

「うん」

「じゃ、上でゆっくり相談しよう」

「いいよ」

ルミはしっかり肯くと、垣山に肩を抱かれてエレベーターに乗った。

扉が閉る。

――駐車場の他の車のかげから、立ち上った男がいる。

「やったぞ」

〈H建設〉の社長秘書、東である。

一千万円を入れた菓子箱の件で、社長の八田から怒鳴られたが……。

「大した子だよ。ルミちゃん」

東は手にした一眼レフ型のカメラにたった今撮った写真を出してチェックした。大丈夫、しっかり写っている。

一緒にエレベーターに乗る垣山と上田ルミ。しかも、垣山はルミの肩を抱いている。

これが公になったら、垣山としては政治家生命を絶たれる大スキャンダルだ。

もちろん、そこまでやるつもりはない。ともかく垣山が〈H建設〉に仕事を回してくれればいいのだ。

この写真は、いざというときのための保険である。

東が八田に電話しようと、ロビーへ出る階段の方へ歩き出すと、

「ご苦労様」

と、女の声がして、東はびっくりした。

「何だ、君か」

秘書課の山根亜紀である。

「うまくやったわね」

「君――見てたのか？」

「ええ。事情は大体察してたから、あなたのこと、じっと見張ってたの」

「鋭いな」

「あの子、ウェイトレスでしょ？　社長さんが熱を上げてるっていう」

「ああ。あの子の方から言い出したんだ。あの子自身も、芸能界に憧れてるのさ」

「写真、見せて」

山根亜紀は、東のカメラの絵を見て、「いい腕ね」

「だろ？」

「私のケータイに送って」

「え？」

「オリジナルだけじゃ心配よ。私も持ってる」

「なるほど。分った」

東は、その写真のデータを亜紀のケータイに送った。

「確かに。パソコンにも入れとくわ」

「人目につかないようにしてくれよ」

「大丈夫。——ね、これから、どこかで食事しない？」

「いいとも。一旦ロビーに出よう。社長に報告する」

階段を上って、ロビーに出ると、東は、

「ちょっと待っててくれ。社長に電話する」

「ええ、その辺にいるわ」

東はロビーの奥の化粧室の方へ入って行くと、ケータイを取り出して、八田にかけた。

「——うまく行きましたよ。ルミって子にはちゃんと礼をしないと」

「そうか！」

八田はホッとした様子で、「いや、大した子だよ」

「全くです。後、このホテルを二人で出るところも、できたら撮っておこうと思いますが、そううまく行くかどうか」

「無理をするな。大臣にはそれとなく匂わせれば充分だろう」

「分りました。では……」

東は通話を切って、息をついた。

ビジネスマンは、仕事が終っても、それを上司へ報告して本当の終りである。山根亜紀と一緒だ。——食事したら、その後に、うまくホテルへ、ということになるかもしれないぞ。

ちょっとニヤついていると、ふと背後に人の気配がした。

振り向く間もなかった。頭をしたたかに殴られて、東はそのまま床の上に崩れるように倒れてしまった。


結木咲子は、ちょうどロビーの化粧室から出て来たところだった。

「ワッ！」

何かにつまずいて転びそうになる。

誰かが倒れていたのだ。咲子は目を丸くして、

「これ——本当の人間？」

と、少しつついてみた。

男が呻《うめ》き声を上げる。

「あ、生きてる」

咲子はあわててラウンジへと駆けて行って、真弓へ、事件を報告した。

「人が死んでる？」

と、真弓が立ち上る。

「いえ、生きてるみたいです」

「何だ」

と、明らかにがっかりしている。

「ともかく行ってみよう」

淳一が促した。

「案内します」

と、咲子が言うと、

「私も行く！」

と、寿子も立ち上り、

「じゃ、私も」

と、大月ハルまで言い出した。

淳一、真弓に道田刑事の三人で充分なところへ、若い子たちがゾロゾロついて行くので、目立つこと……。

ロビーで待っていた山根亜紀は、何ごとかとびっくりした。しかも、みんな、東が行った方へと向っている。

「何ごとかしら」

亜紀は急いでロビーを横切った。

「──まあ」

亜紀は東が床に倒れているのを見て、息を呑んだ。「東さん！」

「お知り合い？」

と、真弓が訊いた。

「はい。同じ会社の……。東さん、大丈夫なんですか？」

東がウーンと呻いて、起き上った。

「良かった！　どうしたの？」

「あ、君か……。いや、誰かに殴られて……」

東は、自分を取り囲んでいる人たちを見回して、「──どうしたんだ？」

「傷害事件ですね」

と、真弓は身分を明かして、「盗まれた物は？」

「あ！　カメラが──」

と言いかけて、東は、「いや、その……たぶんカメラがなくなっています」

「お財布などは？」

「ああ……。あります。中も抜かれていません」

「高価なカメラなんですか？」

と、真弓が訊いた。

「はあ……。しかし、それほどでも……」

「ともかく、カメラを取られただけですんで良かったじゃないの」

と、亜紀は言った。

「じゃ、被害届を出して下さい」

と、真弓に言われて、東は、

「いや……。大したことありませんから。どうぞ気にしないで下さい」

と、あわてて言った。

「そうね。本当にカメラ一台、そう高いものじゃないし」

亜紀も東に合わせた。

警察沙汰《ざた》にして、あの写真のことが万一洩《も》れたら大変なことになると気付いたのである。

淳一が肯いて、

「当人がそう言ってるんだ。特に事件にしなくてもいいだろう」

「でも、あなた……」

真弓は不服そうに淳一を見たが、淳一の目くばせに気付いて、「分ったわ。もし気が変ったら連絡して下さい」

「ありがとうございます！」

東と亜紀はホッとして言った。

「──何だ、つまんない」

と、咲子が肩をすくめた。

みんなラウンジの方へ戻りながら、

「あなた、どういうこと？」

と、真弓が淳一に訊いた。

「あの男、垣山に現金の入った菓子箱を渡した男だ」

と、淳一は言った。

「へえ。それじゃ──」

「〈H建設〉の社長秘書だろう」

「殴られたっていうのは……」

「カメラを盗られたと分ったとたん、表沙汰にしたがらなくなったろ？　おそらく、垣山に上田ルミを近付けたのは、〈H建設〉だな。あの男は、垣山とルミの写真を撮っていたんだろう」

「それを誰かが見てた、ってこと？」

「そういうことだな」

二人は少し遅れて歩いていたので、その話は他の面々には聞こえていなかった。

「じゃ、殴ったのは垣山大臣の部下？」

「とも限らないぞ。その写真を利用したい別の人間がいるかもしれない」

「そうか！　面倒ね」

と、真弓はため息をついた。

あまりややこしいことは得意でない。

「待って。あの東って男が、ここで写真を撮ったとすれば、垣山と上田ルミはこのホテルに？」

「かもしれないな。しかし、今は少し様子を見た方がいい」

と、淳一は言った。

もちろん、現役大臣と十八歳の少女のスキャンダルとなれば事件だが、垣山の秘密を握ったことが、何か別の事件をひき起すかもしれない。

ともかく、垣山のような男を怒らせるのは利口ではないのだ。

何かが起れば、自殺した大月の恨みをはらす機会になるかもしれない……。

ラウンジでは、真田が寿子のスケジュールを、早くも調整し始めていた。

8　目指す道

次の「事件」が起るには、四、五か月の時間が必要だった。

夏休みが過ぎ、結木寿子は東京の学校へ転校して来た。メガネはコンタクトレンズになり、夏休みに集中的に演技や歌のレッスンを受けて、寿子の仕事もスタートした。ドラマの小さな役は無難にこなし、出番は少なかったものの、目立っていたのだろう。すぐに映画の仕事が入った。

二学期が始まると、結木文代は一大決心をして、咲子ともども東京へ越してきたのである。

東京の病院に仕事もあって、寿子の健康管理もできる、というわけだった。咲子は姉と同じ学校の中学に入った。

もちろん、咲子はご機嫌である。

「行って来ます！」

と、奥へ声をかけ、咲子はマンションの部屋を飛び出した。

「忘れ物ないの？」

と、母が訊いたが、もう咲子の姿はエレベーターに消えていた。

「本当にもう……」

と、文代は苦笑する。

「おはよう、お母さん」

と、寿子が起き出して来た。

「おはよう。今日は仕事？」

「うん。学校終ってからNテレビ。——咲子は？」

「クラブの朝練だって、今出てったわよ」

「そうか。私も何かクラブ活動したかったな」

でも、もう寿子の高校生活は半年もない。

「トーストでいい？　サラダと」

「うん、充分」

寿子は顔を洗って、学校へ行く仕度をする。制服のブレザーに、やっと慣れた。

「いただきます」

トーストにジャムをつけて食べる。

「今日、お母さんは当直だから」

「うん、分った。私、夕飯、外で食べて来る」

「咲子には冷凍したのを食べるように言ってあるわ」

「分った」

文代は、コーヒーを飲みながら、

「何だか、あれから何か月かしかたってないって、信じられないわ。何年もたったみたい」

「そうだね」

寿子は紅茶を飲みながら、「お母さん、大変だったよね。病院変ったりして」

「どこだって、看護師の仕事は同じよ」

と、文代は言った。「今度の映画はどこで撮るの？」

「ほとんど都内みたい。真田さんから、詳しいスケジュールが今夜あたり来ると思う」

――寿子の生活は、もちろんとんでもなく変った。

しかし、演技や歌のレッスンも心から楽しく、寿子は充実した毎日だった。

「一番楽しんでるのは、咲子かもしれないわね」

と、文代が言った。

朝練に行く子たちが、何人も校門を入って行く。

咲子は、

「うん、ちゃんと間に合う」

と、腕時計を見て呟いた。

校門を入ろうとすると、

「咲子ちゃん」

え？　――私のこと？

振り向くと、派手なスタイルの女の子が立っている。

「咲子ちゃんだよね」

「あ……。ルミさん？」

上田ルミだった。

「ずいぶん垢抜けたじゃない」

と、ルミは言った。

「転校して来たばっかりよ」

「聞いてるわ。寿子がねえ……。まさか芸能人になるなんて」

「ルミさんも頑張ってるんでしょ」

「まあね」

ルミはちょっと冷ややかに笑って、「人間、なかなか思うようにはいかないもんよ」

「あの……私、クラブの朝練があって」

と、咲子は言った。

「寿子に伝えて。じっくり相談したいことがあるって」

「何のこと?」

「訊いてみないと……。寿子もまだそれほど忙しくないでしょ?」

「会って話すわ。今夜、私のケータイに電話して。これ、番号」

と、メモを渡す。

「うん……。言っとく」

「じゃあね」

上田ルミは、行きかけて、ちょっと振り向くと、「咲子ちゃん」

「はい?」

「あなたは芸能人なんか目指しちゃだめよ」

「え?」

「大人の世界は甘くないわ」

ルミは、どこか悲しげだった。

立ち去ろうとするルミへ、咲子は思わず、

「ルミさん！　大丈夫？」

と呼びかけていた。

ルミは、ちょっとびっくりしたように振り向いて、咲子を見た。咲子は言いわけするように、

「いえ……。何だか、元気ないみたいだったから……」

すると、ルミは思いがけずニッコリと笑ったのである。そして、

「ありがとう、咲子ちゃん」

と言った。「寿子によろしく」

「うん……」

咲子はルミの後ろ姿を見送っていたが、やがてハッとして、「――朝練、遅れちゃう！」

と、急いで校門の中へと駆け込んで行った……。

ルミが咲子と別れて、ほんの数十メートル歩いたところへ、黒塗りの車が一台スッと寄って停った。

ルミは足を止めて、車のドアが開くのを見ていた。

「早く乗って」

と、男の声が促した。

ルミが乗り込むと、車はすぐに走り出した。

後部座席に並んで乗っていたのは、ルミと大臣垣山の秘書の男――山中《やまなか》といった
――だった。

「待ち合せ場所を勝手に変えないでくれ」

と、山中は言って、腕時計を見た。「ここからなら二十分はかかる」

「私にだって、プライバシーがあるわ」

ルミはそう言い返した。

「君のプライバシーより、大臣のご予定の方が大切だ」

山中は即座に言い返した。

「勝手だわ」

ルミはむくれて、「いつになったら芸能界デビューさせてくれるのよ」

山中はチラッとルミを見て、

「ぜいたく言うな。色々いい思いをさせてもらってるだろ」

と、少しなだめるような口調で言った。

「私は高級フレンチなんか食べたいわけじゃないわ。渡ちゃんが連れてってくれるの

よ、勝手に」

「おい、外では『渡《わたる》ちゃん』はよせ」

と、山中が眉をひそめる。

「へえ。じゃ、『垣山大臣様』って言えばいいわけ？」

「名前を出すな。――まあ、君の気持も分るけど、目下大臣は大変なんだ。君と会ってる時間がいい息抜きになってる」

「分ってる」

「じゃ、少しは感謝してほしいもんね」

「――どうせ三十分かそこいらなんでしょ？　今から会ったって」

ルミはしばらく窓の外の風景を眺めていたが、
山中が腕時計を見て、

「四十五分……かな」

「それじゃ、夕飯おごって」

「いいとも。八時過ぎるぜ。パーティがあるからな」

「いいわ。その間、ピザでも食べて待ってる」

「君のケータイにかけるよ」

「今夜はパスタのおいしい所がいいな」

と、ルミは言った。

寿子が校門を出ると、少し離れたところに、真田の車が待っていた。

「お姉ちゃん!」

と呼ぶ声に振り返る。

「咲子、どうしたの?」

同じ学校とはいえ、中学と高校で、あまり会うことはない。

「ちょっと待ってたの、お姉ちゃんのこと」

と、咲子が駆けて来ると、「今朝ね、ルミさんに会った」

「上田ルミ? どこで?」

「この校門の所で」

咲子は説明しようとしたが、

「ね、すぐNテレビに行かないといけないの。あんた、一緒に乗ってく? 車の中で話を聞くわ」

「うん! じゃ、ついでにNテレビを見学させて」

咲子としては、「やった!」ってところである。

「やあ、咲子ちゃん」

今や、寿子を売り出すのに駆け回っている真田が車から出て来た。

「真田さん、咲子とちょっと話があるの。一緒に乗せてって」

「分った。もちろん構わないよ」

車がNテレビに向けて走り出すと、咲子は今朝のルミの話を伝えた。

「――これがケータイ番号だって」

と、寿子にメモを渡す。

「分った。他に何か言ってた?」

「元気なかったよ」

咲子の話に聞くルミは、修学旅行のときに会った、スターを目指しているルミとはずいぶん違っていた。

車が赤信号で停ると、運転していた真田は、

「寿子君。何なら僕が代りにルミって子に電話しようか。君は関り合わない方がいいんじゃないか?」

と言った。

寿子は少し考えていたが、

「それはだめよ。ルミは私のこと、友達だと思って言って来たんだもの」

「そうか。――でも、あまり個人的な話だったら、用心した方がいい。君は今、大切

な時期なんだから」

「分ってる。心配なことなら、あなたに相談するから」

「そうしてくれ」

車が再び走り出した。

――Nテレビに着くと、寿子はすぐに楽屋入り。

スタジオ収録のバラエティ番組にゲストで出る。顔を売るためには必要な仕事だが、もともと寿子はタレントというより役者として仕事をしたがっている。

バラエティでも、あまり無茶なことをさせられないように、真田は念を押していた。

咲子は、セットを組んでいる様子を、面白そうに見ていた。

「収録まで見て行くかい？」

真田がいつの間にかそばに来ていた。

「そうしたいけど……。夜になるでしょ」

「そうだな。たぶん」

「じゃ、帰るわ。明日テストもあるし」

と、咲子は言った。「お姉ちゃんが来たら、ちょっと見てから帰る」

「分った。どこかまで送ろうか？」

「大丈夫。初めてじゃないし」

「咲子君、ちょっと……」

と、真田が促す。

廊下へ出ると、真田が言った。

「さっきの、上田ルミのことだけど」

「ルミさんがどうかした？」

「寿子君がデビューしたのを面白く思ってないだろう。もちろん、疑うわけじゃないが、もし寿子君がスキャンダルに巻き込まれたら困る」

「うん、分ってる」

「君、寿子君の様子をよく見ていてくれないか。上田ルミと電話で話すのを立ち聞きしてくれとは言わないが、寿子君が困っている様子だったら、僕に連絡してくれ」

咲子は、ちょっと迷ってから、

「分ったけど……。お姉ちゃんはしっかりしてる。大丈夫だよ」

「そう願うがね」

真田は咲子の言葉を全く信用していない様子だった。

もちろん、咲子としても真田が用心深くなっている気持はよく分る。この世界、色々と裏では汚ないこともあるだろう。

しかし、咲子には姉の性格がよく分っている。ルミに何か頼まれれば、いやとは言わないだろう。

ともかく咲子は内心の不安を少しも見せずに、もう一度スタジオの中へ入って行って、寿子がやって来るのを待った……。

9　情事の事情

「これはどうも」

と、八田は会釈した。「〈H建設〉の八田です。いつも……」

しかし、挨拶した相手の方は、ムッとした様子で八田をにらむと、口もきかずに行ってしまった。

「やれやれ……」

八田はウィスキーのグラスを手に苦笑した。

「社長」

と、パーティの人ごみをかき分けてやって来たのは秘書の東である。「どうかしましたか」

「いや、〈Pセメント〉の社長に嫌われてしまった」

「そうですか。まあ仕方ありませんね」

「ああ、もちろん放っておけばいい。勝手に怒らせておくさ」

業界団体のパーティである。

「垣山大臣はみえるんだろうな」

と、八田が訊く。

「もちろんです」

と、東は言って、声を低めると、「ルミが来ますからね」

「もう来てるのか？」

「山根君が一緒で、ロビーに」

「そうか」

八田はニヤついて、「しかし、これほど効き目があるとは思わなかったな」

「全くです。ルミには足を向けて寝られません」

と言って、東は笑った。

「しかし、用心しろよ。どこで誰が見ているか分らん。一旦スキャンダルになったら、垣山さんも終りだ」

「よく気を付けています」

――上田ルミを、垣山がすっかり気に入り、おかげで〈H建設〉は〈札束入り菓子〉での失敗を取り戻し、さらにいくつも仕事を受注していた。

「それで社長、ルミのことですが」

「何だ？」

「家を買ってくれと言ってるんです」

「家を？」

「まあ、今は安アパートですからね。どうでしょう？　どこか少しいいマンションでも」

「うむ……」

八田は少し考えていたが、「確かに、ルミのおかげでずいぶん儲けているからな」

「ルミも分ってるんですよ。下手すると、すねてしまいますからね」

「そうだな。――よし、どこか適当なマンションを見付けてやれ」

「分りました。きっと喜びますよ」

と、東は言って、「ルミに話して来ます」

と行きかけたが、

「おい、待て」

と、八田が呼び止めた。

「何でしょう？」

「マンションだが……新築でなくてもいい。中古でいいだろう。なに、少し手を入れればきれいになる」

「分りました」

「うまく話せよ」

「承知しています」

――東はパーティ会場を出た。

そして、ちょっと顔をしかめると、

「ケチだな、全く！」

と呟いた。

ルミのおかげで、どれだけ〈H建設〉が助かっているか分らない。マンションの一つぐらい。

中古でも、場所や管理がしっかりしていると、却《かえ》って値上がりしている所がある。

「よし、そうだ」

そういうのを見付けてやろう。

「中古にしました」

と、八田に報告すれば、文句も言えないだろう。

東は、ロビーの奥、人目につかない辺りへと向った。

明るい笑い声が聞こえて来て、東は少しホッとした。

「――あ、忠実な秘書さんが来たわ」

と、山根亜紀が東に気付いて、ソファから立ち上った。

「おい、なんの話だい？」

「いいえ、いい話をしてたのよ。ねえ？」

ルミは笑って、

「お二人の微妙な関係について、聞いてたの」

東は苦笑して、

「まあ、どんな話だったか、大方の見当はつくがね」

と、ソファにかける。「それよりルミ君、いい話だ」

「なあに？」

「八田社長がＯＫしてくれた。マンションを買ってくれるそうだよ」

「やった！」

ルミが目を輝かせた。「友達を連れて来てもいいようなのにしてね」

「そうよ」

と、亜紀が言った。「名前だけ〈マンション〉ってついた、アパートに毛の生えたようなんじゃだめよ」

「心配するな。都心の一等地の一流マンションを選ぼう」

「あてにしてる」

「ああ、あてにしてくれて大丈夫！」

と、東は胸を張った。

「あ、垣山さんだわ」

と、亜紀が言った。

垣山が秘書の山中を連れて、パーティ会場へ入って行くところだった。

「さ、お仕事の時間だ」

と、ルミが言った。

「山中さんと話して来よう」

東が行ってしまうと、ルミの顔から笑みが消えた。亜紀はそれに気付いていて、

「辛抱《しんぼう》して。垣山みたいな人は、すぐ飽きるわ」

「大丈夫、私」

と、ルミは言った。「必ず、芸能界の夢を叶えてみせる」

――そのソファでの話を聞いていたのは、淳一だった。

ルミと亜紀がロビーを横切って行ってしまうと、淳一は柱のかげから出て、

「大人の仕事に、十八の女の子の体を使うってのは、あんまりだぜ……」

と呟いたのだった。

「もしもし、ルミ?」

と、結木寿子は言った。

少し間があった。

「寿子。悪いね、電話してもらって」

と、ルミが言った。「忙しいんでしょ」

「まあまあね。仕事よりレッスンの方が大変なの」

と、寿子は言った。「今、お家?」

「うん……。何ていうか、ちょっと泊ってるの、ホテルに」

「──そう」

また間が空いた。口をきいたのはルミの方だった。

「あのとき、もう決ってたの?」

「え?」

「修学旅行でさ、東京へ来てたでしょ。二人でちょっと話して──」

「違う! あの後よ。というか、ルミと別れたときに声をかけられたの」

「そうだったんだ……」

「びっくりして、とんでもないって言ったんだけど……」

「その辺の話はいい。結局今、寿子は芸能界にいるんだからね」

「まだ、この先どうなるか分んないよ。――ルミ、どうしてるの、今？」

「私も一応タレント目指して頑張ってる。寿子とは少しやり方が違うけどね」

と、ルミは言った。

そのとき、ルミの背後に寿子は男の声を聞いた。言葉は聞き取れなかったが、男には違いない。

ルミが、

「はい！　ちょっと待って！」

と答えるのが聞こえた。「――寿子、その内、一度ご飯でもどう？」

「うん。時間さえあれば」

「TVで見てるだけじゃ分んないからね。寿子がどれくらいきれいになったか」

「ちっとも変らないよ」

と、寿子は笑って言った。

「じゃ、また」

と言って、ルミは切ってしまった。

寿子は何だかスッキリしない気分で、ベッドに寝そべっていた。

――男の声。ホテルに泊ってる。

ルミはどうしたのだろう？

玄関の方で物音がした。

出て行くと、母、文代が帰ったところで、

「ただいま」

と、息をついた。「咲子は？」

「お風呂じゃない？」

「夕ご飯、どうした？」

と、文代は台所へ入って言った。

「うん。私は外で食べて来た」

と、寿子は言った。「咲子は冷凍してあったのを食べたみたいよ」

「それならいいけど」

文代はスーパーの袋をテーブルに置いて、「お母さんはお弁当買って来たわ。それとサンドイッチも念のため。――寿子、食べる？」

「ああ、じゃ、少しもらおうかな」

「紅茶、いれましょうね」

「いいよ、やるから」

「すぐよ、そんなこと」

文代は、台所のことをするのが楽しいようだった。

――寿子は、紅茶でサンドイッチをつまみながら、

「ルミと電話で話した」

「上田ルミちゃん？」

文代の手が止った。「何か用だったの？」

「そういうわけじゃないけど……。ただ、気になって」

「何が？」

「ルミ、ホテルに泊ってるって言ってたけど……。男の声がしたんだ」

と、寿子は言った。

「何て言ってた？」

「聞き取れなかった。でも、お風呂からでも呼んでるみたいだった」

「そう……」

文代はまたお弁当を食べ始めて、「ルミちゃんも、もう子供じゃないしね」

と言った。

「あ、咲子、もう出たの」

咲子がバスタオルを体に巻いて立っていた。

「うん、今」

咲子は寿子の方を見て、「あ、サンドイッチ、半分ちょうだい」

「いいよ。でも、服着てからにしな」

「分ってる」

ルミとの電話。――文代も寿子も、そして咲子も、他に考えることを持っていた。

――咲子は、ドライヤーで髪を乾かすと、パジャマを着て、自分の部屋に入った。

自分一人の部屋を持てたのは、東京へ出て来てからだ。これは姉がタレントになって、咲子が一番嬉しかったことである。

ケータイで真田へかける。

「真田さん？　咲子です」

「やあ、どうも」

「さっき、お姉ちゃん、ルミさんに電話してました」

咲子は、寿子が母に話していたのを聞いていたのだ。

「ルミ君が男とね……」

「それしか分らないけど」

「いや、充分だ。ありがとう」

と、真田は言った。「もし、何かTVの収録で見たいのがあれば、言ってくれ」

「本当？　やった！」

と、咲子は言った。「友達、連れてってもいい？」

「二、三人ならね。大勢じゃだめだぜ」

「分ってる。それじゃ」

咲子は通話を切ると、バスタオルを首にかけ、歌を口ずさみながら部屋を出て行った……。


「いいじゃない、ここ」

と、ルミはマンションの広々としたリビングを歩き回って、「眺めもいい。ね、お母さん、東京タワーが見える！」

「でも……広過ぎない？」

上田ルミの母、さつきは、もう三つもマンションを見て回って、息切れしていた。

「いや、今は家具がないから広く見えるけど、色々入れれば……」

と、東は言った。「場所も、どこへ出るにしても便利だろ」

「うん！　私、断然気に入っちゃった！」

ルミはクルッと回って見せて、「ね、お母さん、ここにしようよ」

「私はいいけど……」

上田さつきは息をついて、「お母さん、どこかで休みたいわ」

と言った……。

東は、上田さつきとルミの親子を、近くのイタリアンの店に連れて行った。

「おいしい！」

ルミはピザにかみついた。

「あそこは、前の住人が出た後、全部手入れを終えてるから、いつでも入居できますよ」

と、東は言った。

「明日でも？」

と、ルミが言った。

東は笑って、

「君の仕度ができればね」

「じゃあ……一週間！　ね、お母さん、来週引越そう」

「そんな急に……」

さつきは困ったように苦笑した。

「上田さん」

と、東は言った。「ご主人が戻られることはないんですか？」

「ありません」

さつきはきっぱりと言った。「勝手に出て行った人です」

「しかし――もしルミ君が芸能人にでもなったら……」

「『もし』じゃない！　なるの！」

「それでも、家には一歩も入れません」

と、さつきは言った。「私たち親子がどんなに苦労したか……」

「分りました」

東は肯いて、「ただ、賃貸でなく、購入するとなると、色々面倒です。もちろん、こちらですべてやりますがね」

「よろしくお願いします」

「一週間で入れるように話をつけるよ」

東の言葉に、ルミは、

「私、あの眺めのいい部屋がいい！」

と、早くも主張した。

すると、そのとき――。

カシャッと音がして、ルミが顔を上げると、パンツスーツの若い女が、手にしたケータイで、ルミの写真を撮ったところだった。

「君、何だね」

と、東が言った。「勝手に人の写真を撮ったりして」

「それは仕方ないでしょ」

と、その女が言った。「ニュースになるような人は、撮られても」

「この子がどうしてニュースになるんだ？」

「なりますよ、そりゃあ。——天下の垣山大臣の愛人なら、充分に」

一瞬、沈黙があった。

「——馬鹿を言わないでくれ」

と、東は言った。「君は何者だ？」

「私、フリーカメラマンの佐伯《さえき》ユキといいます。よろしく」

女は名刺を一枚、ルミたちのテーブルの上に投げ出して、「ご用のときは、いつでも……」

「そんな根も葉もない噂《うわさ》を。この子の写真だけじゃ、どこも買ってくれないぜ。それとも、その大臣の写真と合成でもするつもりか？」

「そんな真似はしません」

と、佐伯ユキは微笑んで、「でも、どうして〈H建設〉の社長秘書が、この子と一緒にいるんでしょう？」

東が何も言わずにいると、

「じゃ、失礼」

と、佐伯ユキは店を出て行った。

「――東さん」

と、ルミが表情を硬くして、「あの女の人……」

「なに、心配いらないよ」

と、東は笑って見せて、「何かつかんでれば、わざわざ僕らに声をかけたりしない。証拠がないから。ああしてハッタリをかましてるのさ」

「それならいいけど……」

「ルミ」

と、さつきが言った。「お母さんが働けないから、こんなことに……。ごめんね」

「今さらそんなこと言わないで」

と、ルミは肩をすくめて、「私、もう十八よ。子供じゃないわ」

「ああ、ちゃんと食べよう」

と、東は言った。「せっかくの料理がまずくなる」

「うん。――東さん、マンション、買ってね」

「分ってるとも」

と、東は肯いて見せたが……。

10　ガードマン

「あ、淳一さん」

そう言ったのが、制服のガードマンで、しかも若い女性だったので、淳一は驚いた。

一瞬、誰だろうと思ったが、

「ああ、大月ハル君だね」

「あ、分ってくれた」

と、娘は嬉しそうに笑った。

自殺した〈N建設〉の社員、大月正人の娘だ。

「君、ここで働いてるの？」

と、淳一は訊いた。

「ええ。大学は中退して、働くことにしたんですけど、なかなか仕事、見付からなくって」

「それにしても――ガードマン？」

「私、こう見えても、子供のころ、合気道やってたんです」

と、大月ハルは胸を張ったが、「もちろん、全然役に立たないと思うけど」

「お母さんは?」

「ええ。元気にしてます。食べてかなきゃいけないから、パートに出てますけど、私と二人合せて、やっと生活できるくらい」

「そうか。大変だね」

そこは私営の美術館だった。

保険会社が持っていて、そう広くはないが、いい展示をすると評判だった。

「淳一さん、絵が好きなんですか?」

と、ハルは言った。

「そうだな。人並みにね」

「でも、あと三十分で閉館ですよ」

と、ハルは腕時計を見て言った。

「分ってる。見たいのは一点だけなんだ」

「ラファエロ? 今、凄い人気ですよ。昼間はあれ一つ見るのに、二時間待つの」

「そこまでは暇がなくてね」

「もう空《す》いてますよ。――入ります?」

「うん。一応入場券は持ってる」

「じゃ、どうぞ」

淳一は会場へ入ろうとして、

「何時に出られる？　お茶でもどうだい？」

「あ、誘惑してる？」

「そんなことしたら、うちの奥さんに射殺されちまうよ」

「凄い！　私もそこまで男を愛してみたいな……」

一時間したら、この向いの喫茶店で会う約束をした。

淳一は、

「さて……。困ったな」

と、中へ入りながら呟いた。

今日ここへ来たのは、正にそのラファエロを盗み出そうと思ってのことだったのである。


「ごめんなさい！」

約束に十分ほど遅れて、大月ハルが喫茶店に入って来た。

「急がせちゃったかな」

「ちっとも。ただ、まだ慣れてないんで、出て来るのに時間がかかるの」

と、淳一は言った。

「じゃ、もらおう」

ハルはコーヒーを頼んで、「ケーキ、食べたいな。今野さんは？」

淳一は、ハルと一緒に店の自家製というシフォンケーキを注文した。

「体、きつくないかい、ガードマンは」

と、淳一は訊いた。

「大丈夫です。何か問題が起らない限り、仕事といっても、立ってるだけだし」

と、ハルは水を一気に飲んで、「でも、夜勤もあるの」

「朝まで？」

「そう。だって、あのラファエロなんて、一体何億円するか分らないでしょ。もちろん、盗もうって人はまずいないだろうけど、万が一ってこともあるし……」

「それは大変だな。夜勤は多いの？」

「土日の夜だけ。──もう一人のガードマンが、もう中年の男の人で、家庭のある人だから、子供のためにも、土日は家にいたいって言って。私は別に土日に用があるわけじゃないから、引き受けてるの」

そうか。──では土日以外の夜に盗めば、ハルに迷惑がかからずにすむのだ。

もちろん、淳一はガードマンにけがをさせたりするつもりはない。しかし、その場で何が起るかは、淳一といえども想像がつかない。

いや、担当でなかったといっても、あのラファエロが盗まれたら、ハルには何かと迷惑がかかるだろう。

いっそ、盗み出すのを諦めてもいいのだが……。しかし、そうはいかない。

淳一は、ラファエロを盗み出すわけではない。というのも、今、あそこに展示され、大勢の客を集めているラファエロは、偽物だからである。

よく出来ていることは間違いない。しかし、いずれ――きっと誰かが、

「これって本物か?」

と言いだすに違いない。

そうなる前に盗み出してほしい。――淳一はそう依頼されていたのだった。

その話が事実だということを、淳一は知っていた。なぜなら、本物がどこにあるか、知っていたからである。

「――ああ、おいしい」

ハルはケーキをペロリと平らげると、「甘いものって、ホッとしますね」

「確かにね」

と、淳一は自分のケーキを食べながら、「しかし、やっぱりガードマンは大変だろ

う。普通のデスクワークを捜してあげようか」

「いえ。そこまで甘えるわけには」

と、ハルは即座に言った。「私と母の収入で、何とかぎりぎりやれてますけど、万一、母が病気すると……」

「何が起るか分らないからね」

「本当ですね」

と、ハルは肯いて、コーヒーを飲みながら、

「そういえば、ふしぎな縁だなって思ったことが」

「縁?」

「一昨日、閉館時間になったんで、お客さんが全員出たのを確認していたんです。そしたら、館長さんが飛んで来て、『もう一度、明りを点けてくれ』って言うんで、どうしたんだろうと思ったら……」

と、ハルは一口コーヒーを飲んで、「『偉い方がみえるんだ』って。――もちろん、そういうこともありますけど、前もって言って来るのが当り前でしょ?　それが突然ですもの、びっくりして。一体誰なんだろうと思って待ってたら、何と垣山大臣だったんです」

これには淳一もびっくりした。

「ええ。それも、あのラファエロだけしか関心ないみたいで。せっかく誰もいない所でゆっくり見られるのに、せかせか入って来て、『あれはどこだ?』って館長さんに訊いたんです。館長さんが面食らってると、苛々《いらいら》して、『例の何億もするあれだ!』って」

淳一は苦笑して、

「垣山らしいってところかな」

「ええ」

と、ハルは肯いて、「私、垣山を見たとき、足でも引っかけて転ばせてやろうかと思いましたけど、あのひと言で、スーッと気持が冷《さ》めちゃって。ああ、こんな男にいつまでも本気で怒っててもしょうがないや、って……」

「その通りだ」

と、淳一は言った。「君は一つ大人になったんだよ」

「ありがとうございます」

ハルは心から嬉しそうに言った。

しかし、淳一としては気になることがあった。——垣山は何か具体的に「いくら儲《もう》かる」という話にしか関心のない男である。

その垣山がラファエロを見に来た。

もちろん、美術的観点から見たかったわけではあるまい。といって、売物でもないラファエロを、なぜ？

これは調べておく必要がある、と淳一は思った。

「私、もう帰らないと。母が心配するので」

と、ハルが言った。

「ああ、引き止めて悪かったね」

「いえ。ケーキ、おいしかったです」

淳一は伝票を取って、レジへ行った。

「――さ、これは君とお母さんのおやつだ」

頼んでおいたケーキの箱を、ハルへ渡す。

「ありがとうございます！　味わって食べます」

ハルの大げさな喜び方に笑って、淳一は店を出た。

「じゃ、ここで」

ハルは一礼して、足早に地下鉄の駅へと向った。淳一はそれを見送って、歩き出したが――。

ふと目が美術館の入口へ向く。

ジャンパー姿の男が、美術館の前で立ち止った。男はポケットから何かを取り出し、周囲をチラッと見渡した。

「あいつ……」

と、淳一は呟いた。

その男は、美術館の入口を写真に撮っていたのである。

そして、淳一の記憶では……。

淳一は自分のケータイを手にすると、一杯に望遠をきかせて、男を撮った。

そして、真弓へ、メールに写真をつけて送った。

〈写真の男、強盗などで見たことがないか、調べてくれ〉

男は足早に立ち去った。

五分としない内に返事が来た。

〈今強盗殺人で手配中の男とよく似てる、って。どこで撮ったの?〉

強盗殺人か……。淳一はちょっと眉をひそめて首を振った。

とたんにケータイが鳴って、出ると、

「ちょっと！　どうして返事よこさないのよ！」

と、真弓の声が飛び出して来た。

「じゃあ、わざと見逃したわけじゃないのね？」

と、真弓は詰問するような口調で言った。

「当り前だ。メールしたときにはもういなくなってた」

と、淳一は言った。

「それなら許すわ」

と、真弓はワイングラスを取り上げ、「お詫びにフレンチをおごってくれるってわけよね」

どうして俺が詫びるんだ？――淳一は心の中で言ったが、もちろん口には出さなかった。

何しろ、このレストランだって、真弓が勝手に予約したのだから……。

「この男ね、たぶん」

食後のコーヒーになって、真弓は写真を取り出した。淳一はそれを一目見て、

「ああ、この男だ。やっぱり、どこかで見たことがあると思った」

「南山竜次《みなみやまりゅうじ》っていうの。今――三十歳ですって。ちょっと老けてるわね。あんまりいい男じゃないわ」

と、どうでもいいことにこだわっている。

「あの美術館をやろうとしているのなら、一人じゃあるまい。この南山って奴がいつ

も組んでる連中を当ってくれ」

「分った。いつやると思う?」

「そうだな。ああやって写真なんか撮ってるのを見ると、まだ準備してるはずだ」

と、淳一は言った。「うまくいけば――」

「侵入して来たところを、現行犯逮捕! それ、いいわね」

「そううまく行くかな」

淳一はコーヒーを飲みながら言った。

淳一が気になっているのは、南山が盗みに入った先で、二度も人を殺していること
だった。

平気で人を殺すとなれば、大月ハルや、もう一人のガードマンも危険ということに
なる。

仕方ない。――こうなれば、偽のラファエロを盗み出すのは二の次で、ハルの命を
守ること、あの南山という男を捕まえるのを第一に考えよう。

「ここのコーヒーは旨いな」

と、淳一は言った。「もう一杯もらおう」

11　不都合な事情

チャイムを鳴らす前に、玄関のドアが開いた。

「いらっしゃい！」

と、上田ルミは言った。

「お邪魔します」

と、結木寿子は言った。

「わあ、広いね、玄関も」

と、咲子が声を上げる。

マンションの十七階。——上田さつきとルミ母娘《おやこ》の新居である。

「ルミちゃん、お久しぶり」

と、文代が玄関を入って言った。

「あ、おばさん、どうも。寿子ちゃん、凄いですね！」

「いいえ、まだまだ」

「上って下さい！　あ、まだ片付いてないんだけど」

ルミの様子は、正に「はしゃいでいる」としか言えないものだった。

広々としたリビングに入ると、ソファから上田さつきが立ち上って、

「まあ、よく来て下さって……」

と言った。

「上田さん。――ごぶさたして」

文代はさつきと目が合うと、少していねい過ぎるほどに頭を下げた。

「わあ！　やっぱり十七階って高いね！」

咲子はベランダに面したガラス扉から外を眺めて言った。「うちは五階だから、窓の外、建物ばっかり」

「私の部屋から東京タワーが見えるよ」

と、ルミが言った。

「本当？　見せて、見せて！」

咲子はルミについて行った。

「一人で騒いで」

と、寿子は笑って、それでも咲子の後を追った。

リビングに残った上田さつきと結木文代は、ちょっと黙っていたが、

「お茶、いれましょうね。コーヒー？」

と、さつきが言うと、

「さつきさん。――ルミちゃんは大丈夫？」

と、文代が訊いた。

さつきはソファにかけると、

「私が働けないので……。このままじゃいけないとは思ってるんですけどね」

と言った。「寿子ちゃんたちには……」

「人は色々事情があるんだから、って言ってある。どういうお金でここを買ったとか、訊いちゃいけないって」

「気をつかわせて」

と、さつきは言った。「でも、今までどんなお友達も招《よ》んであげられない家にばかり住んでたので、ルミは嬉しくて仕方ないの」

「分るわ」

と、文代は肯いて、「ああいうルミちゃんはまだ子供ね」

キャーキャーと騒いでいる子供たちの声が聞こえて来る。そしてルミがリビングに戻ってくると、

「お母さん、寿子ちゃんたちと、下の〈S〉に行ってくる」

「まあ、少し落ちついてからにしたら？」

「ちょっと飲んでくるだけよ」

「分ったわ。お金、持ってる？」

「持ってる！」

返事はもう玄関から聞こえていた。


「いいなあ」

咲子が、シェークを飲みながら言った。「ね、マンションの中にこんなお店があったらいいよね！」

「そうね」

と、寿子は肯いて、「ここは大きいマンションだから」

三十階まであるこのマンション。——一階に、コーヒーショップの〈S〉やハンバーガーの〈M〉が入っている。

「朝八時から、夜中の十二時まで開いてるんだよ」

と、ルミが得意げに言った。

「夜中に食べたくなっちゃいそうだ」

と、寿子が言った。

「ここ、ドーナツもおいしいんだよ。食べようか」

ルミがメニューを見て言った。

「でも――」

と言いかけて、寿子は思い直したように、

「そうね。一つ食べようか」

「うん！　何がいい？」

ルミは寿子たちにおごってやりたくて仕方ないのだ。寿子にはそのルミの気持がよく分った。

三人は、表の通りを眺めるカウンター席で、ドーナツをパクついた。

そのガラス張りの店内を、通りの向いに停めた車の中から見ていたのは、フリーカメラマンの佐伯ユキだった。

望遠レンズで、上田ルミを撮っている。

ケータイが鳴った。

「――佐伯です。――はい、どうも」

と、またルミの方を見ながら、「今、上田ルミの新しいマンションの前です。――ええ、母親と二人で。お金の出所が分れば。――そうですね」
二、三度シャッターを切る。

「今は、〈S〉で友達らしい女の子とドーナツを食べてます。――分ってます。必ず、あの子と垣山大臣のツーショットをものにしますよ。高く買って下さいね」

佐伯ユキは、ケータイをポケットにしまうと、またルミたちの方を見ていたが……。

「あれ？　あの子……」

ルミとしゃべっている女の子。どこかで見たような……。

もしかして、何とかいうタレント？

名前は思い出せなかったが、TVで見たことがあるようだ。――でも、すぐに気付かなかったのは、ごく普通の地味なスタイルのせいである。

一応撮っとこう。

ユキは、そっちの女の子をアップにしてシャッターを切った。


「強盗？」

大月ハルは目を丸くして、「あの美術館にですか？」

ハルと顔を見合せたのは、ハルの同僚のガードマン、水戸修《みとおさむ》だった。

今、四十歳という水戸は、

「そいつは大変だ」

と、青ざめていた。「どうしよう！」

「まあ、落ちついて」

と、今野真弓は言った。「この男、見覚えは」

と、南山竜次の写真を見せる。

「さあ……。入館者を一人一人憶えてないから」

と、水戸は首を振った。

「少なくとも、何か問題を起したとか、そんなことはないですね」

と、ハルは言った。

ハルがガードマンをしている〈F美術館〉の事務室である。

真弓が淳一と一緒にやって来ていた。

「この男、南山竜次っていって、強盗殺人犯として手配中なの」

「殺人、ですか！」

水戸がますます青くなる。

「盗むだけでなく、邪魔と思えば平気で人を殺すわ。用心してね」

そう言われても、ハルも水戸も呆然とするばかり。

「どうすればいいんでしょう？」

と、ハルは訊いた。

「差し当り、いつも通りにして」

と、真弓は言った。「強盗が入ったら一一〇番してちょうだい」

啞然としている二人に、真弓は、

「冗談よ」

と、続けた。

「まずその写真の男が現われたら、連絡してくれ」

と、淳一は言った。「一人で捕まえようなんて思っちゃいけないよ。危険な男だ」

「分りました……」

ハルは不安げに、その写真をまじまじと眺めた。

強盗殺人犯の写真と言われても、大月ハルは冷静に眺めていたが、むしろもう一人のガードマン、水戸修の方が、気が気でないという様子で、

「大月君、僕にもよく見せてくれ」

「ええ、どうぞ」

ハルに渡された南山竜次の写真を、水戸は食い入るように見つめていたが、

「──確かに、凶悪な顔つきですね」

と言って、写真をテーブルに置いた。

「いやいや」

と、淳一は微笑んで、「凶悪犯が、いつも人を殺しそうな顔で歩いているわけでは

ありませんよ。今、あなたはそういう目でこの写真を見た。しかし、何も知らずに見れば、ごくありふれた勤め人でしょう」

「そうでしょうか……」

水戸がハンカチを取り出して、額の汗を拭った。

まずかったな、と淳一は思った。

ハルはともかく、水戸の方は明日から美術館の中を、「強盗殺人犯がいないか」と、キョロキョロしながら歩くことになるだろう。やたら人の顔をジロジロ見ていたら、不審に思われてしまう。

何より、もし本当に南山を見たとしたら、それこそショックが顔に出て、気付かれてしまうに違いない。逃げられるだけならいいが、もし水戸が殺されでもしたら……。

淳一は、ガードマンがこんなに気の小さい男だとは思っていなかったのである。

「――では、仕事に戻ります」

と、水戸とハルが立ち上る。

「ハル君」

と、淳一は呼び止めて、「ちょっと他のことで話があるんだ。君だけ残ってくれないか」

「分りました。――水戸さん、すぐ行きますから」

もう美術館そのものは閉っている時間だった。ハルがもう一度座る。

「——いや、実は今のことなんだが」

淳一は自分の心配について、ハルに話をした。ハルは肯いて、

「分ります」

と言った。「水戸さん、本当にいい人なんです。でも、ガードマンには向いてない。私もそう思います」

「でも、話しちゃったんだから」

と、真弓は肩をすくめて、「今さら、あの写真は別人でした、なんて言えないでしょ」

「何日か、他の人と替ってもらうことはできないかね」

と淳一が言った。

「たぶん……難しいと思います。私たち、所属してる小さなセキュリティ会社の社員なんですけど、この〈F美術館〉の仕事は一番楽だと言われてるんです。それを交替してくれと言ったら……。水戸さん、クビになっちゃうと思います」

ハルの言葉は明確だった。

「なるほど」

「私が用心しています」

と、ハルは言った。「万一のときは水戸さんを逃がします。奥さんとお子さんがある人ですもの」

「君にそう言われちゃ、真弓も困るだろう」

「あら、どうして？」

と、真弓は平然と、「私たちに協力してくれるなら拒まないわ」

「ハル君だって、まだ二十歳だぜ。——よし、これから数日、道田君にも、この美術館の警備に当ってもらおう」

と、淳一は言った。

「道田君に？」

と、真弓は気が進まない様子。

「どうした？　忙しいのかい？」

「そうじゃないけど……。道田君のような独身男性を、ハルちゃんのような可愛い娘に近づけて、何かあったらどうするの？」

「おい……。道田君が本当にそんなことをすると思ってるのか？」

「思ってないわ」

要するに、自分に惚れている道田が、他の女の子に目移りしたら、というプライドの問題なのである。

「私、大丈夫です」

と、ハルが言った。「今は恋愛どころじゃないですし」

ハルの方がよほど大人だ。真弓も咳払《せきばら》いすると、

「いやねえ。もちろんジョークよ」

と笑って見せ、「でも、もし道田君のことが気に入ったら、構わないのよ。食べちゃっても」


夜八時。——マンションから出て来たのは、間違いなく上田ルミだった。

ちょっと用心するように左右を見る。

すると、車が一台スッとルミの前に来て停った。ルミが素早く乗り込むと、車は一気にスピードを上げて走り去った。

「時間もぴったりだわ」

と、佐伯ユキはカメラを手に呟いた。

ユキは、今夜の垣山大臣の予定をつかんでいた。

夜八時にパーティに一つ出て乾杯の音頭。それから他のパーティに回って、スピーチ。

終って出るのは八時四十分ごろ。

今から上田ルミがどこかで垣山を待つのなら、ちょうど間に合う。

ユキは自分の小型車で、垣山がスピーチするパーティ会場があるK会館へと向った。

それにしたって……。

危いことをするものだ。大臣の身で、十八歳の女の子と密会。

その噂は、すでに静かに広まりつつあった。

「稼がせていただきますわよ」

と、ユキはハンドルを握って、冗談めいた独り言を言った。

K会館の裏手は、寂しい住宅地で、車を停めておいても大丈夫だ。

佐伯ユキはカメラをショルダーバッグに入れて、車を降りた。

K会館は、毎日いくつも宴会をやっている。

むろん、垣山が出るのは一番大きなパーティ。

ユキはロビーの目立たないソファに腰をおろした。――一応、パーティ客に見えるように、スーツを着ている。

K会館で良かった。もしこれがホテルなら、そのままどこかの部屋へ二人で入ってしまうこともある。しかし、ここは宿泊できないのだ。

当然、ここから垣山はどこか、あの少女の待っている所へと向う。それを尾けて行けば……。

「今日こそ、逃さないわよ」

と、ユキはバッグの中のカメラにそっと触れた。

ソファの隣に、男が座った。

ユキはちょっとお尻をずらした。——他に空いたソファがあるのに。

チラッと見ると、まだせいぜい三十そこそこの男だった。ユキのことなど気付いてもいないようだ。

ユキはエレベーターの方へ目をやった。

垣山が出てくるのを見逃さないようにしないと。

「静かにしろ」

と、男が言った。

「——え?」

自分が言われたと気付くのに、少しかかった。「何ですか?」

「騒ぐな」

ユキは苦笑して、

「私、騒いでなんか……」

と言いかけて、気付いた。

脇腹に、拳銃を押し当てられていた。

「あなた――」

「静かにしろと言ったぞ」

「ええ……」

「立って、玄関へ歩け」

冗談でも何でもないと分って、ユキは青ざめた。

「どういうことですか……」

「言われた通りにしろ」

男の口調は冷ややかだった。

仕方ない。――ユキはそろそろ立ち上がって、玄関の方へ歩き出した。

男はぴったりと寄り添っている。銃口はしっかりユキの脇腹に食い込んでいた。

――どうしよう？

でも、どうしてこんなことに？

外へ出ると、ちょうどタクシーが停って、客が降りて来た。

ユキは思い切って、タクシーに向って走った。

「乗せて！」

と、閉りかけたドアを手で押える。

そして――タクシーの中へユキは倒れ込んだ。男はスッと夜の中へ姿を消した。

「お客さん、どちらへ?」

と、運転手が訊いた。「——お客さん?」

ユキは床にうずくまるように倒れて、動かなかった。

弾丸が、ユキの命を奪っていたのだ。


「殺人?」

真弓は訊き返した。「——どこで?」

帰宅する車の中だった。

ケータイに道田がかけて来たのだ。

「K会館? 分った。行くわ」

「——どうした?」

と、淳一が訊いた。

「女が殺されたって。道田君が、何だか私に来てほしいみたいなの」

「分った。じゃ引き返そう」

淳一は車をUターンさせた。

「もしかして、道田君、私に会いたいってだけなのかしら?」

「まさか」

と、淳一は苦笑した。

現場のK会館前に車をつけると、タクシーのそばにパトカーが停っていた。

「真弓さん、すみません」

と、道田が言った。

「誰か私の知ってる人？」

「いいえ、カメラマンです。フリーの。佐伯ユキという名です」

女はタクシーの床に倒れていて、運転手はとんでもない目にあって泣きそうになっていた。

「知らないわね」

「犯人らしい男は、タクシーに駆け寄って来た佐伯ユキを撃って、サッと姿を消したようです」

淳一は死体を見て、

「駆け寄った女を正確に狙って射殺しているな。かなりの腕前だ」

と言うと、「それで、道田君、どうして真弓に連絡を？」

「カメラです」

道田が、デジカメを見せて、「佐伯ユキのバッグに入ってたんですが、中の映像を見ると……」

ディスプレイに、どこかの店のカウンターで飲物を手にしている女の子が写った。

「あら、この子……」

「ええ、あの新人の結木寿子でしょう？　それに前のショットが……」

「例の友達の上田ルミだな」

と、淳一は次々に見て行くと、「――これは上田ルミを狙ったんだな」

と言った。

「結木寿子のは一枚しかない」

「プロのカメラマンが上田ルミを撮ってた？」

「もしかすると、例の大臣が絡んでるかもしれないぞ」

「そうよね！」

真弓は突然目を輝かせて、「道田君！　やっぱり私の部下だわ！　よくそこに気が付いたわね」

結局自慢している。

「ありがとうございます」

「ごほうびよ」

真弓は道田の頬にチュッと唇をつけた。

道田は貧血を起しそうになって、タクシーにもたれかかった。

「――いつ仕事に戻れるんで？」

タクシーの運転手が情けない声を出して、「キスしてる暇があったら、早く死体を片付けてくださいよ」

12　記憶

「はい、ＯＫ！」

と、スタジオにディレクターの声が響いた。

「──寿子ちゃん、ご苦労様」

「ありがとうございました！」

結木寿子がスタッフ一人一人に頭を下げて、スタジオを出て来る。

「あ、刑事さん」

と、真弓と淳一を見付けて嬉しそうに、「ここにご用だったんですか？」

「見に来たのよ、あなたの活躍ぶりを」

と、真弓は言った。

「恥ずかしい！　まだ脇役ですから」

「しかし、初めのころと比べると、ずいぶん大きな役だろ？」

と、淳一は言った。「今、モニターで見ていたよ。輝きがある」

「そう言っていただけると……」

と、寿子は照れた。「あ、咲子」

妹の咲子が、手を振りながらやって来る。その後から、母親の文代も、

「お母さん！　仕事、大丈夫なの？」

「今日はお休みよ」

と、文代は真弓たちへ、「まあ、どうも」

「ちょっと、仕事の話もあってね」

と、真弓は言った。「寿子ちゃんが着替えて来てからにしましょ」

——十五分ほどで、メイクを落とした寿子が着替えて、真田と一緒にやって来た。

「やあ、真弓さん！　一緒に飯でも？」

「お邪魔じゃない？」

と言いながら、真弓は一緒に歩き出していた……。


「あ、この写真……」

レストランで、真弓に見せられた写真に、寿子は目を見開いて、「ルミのマンションだわ」

「あ、本当だ」

と、咲子が覗き込んで、「どうして私が写ってないの？」

「知らないわよ、そんなこと」

「この写真が何か？」

と、真田が訊いた。

「これを撮ったカメラマンが殺されたの」

真弓の言い方があんまりアッサリしていたので、みんな戸惑っていたが……。

「まさか、何かのスキャンダルに……」

と、真田が言った。

「いや、カメラマンが狙ったのは、上田ルミなんだ」

と、淳一が言った。

「ルミ？」

「そう。カメラマンに狙われるとしたら、その理由に心当りは？」

真弓に訊かれて、寿子は、

「ルミ……高級マンションに越してた。どうやって買ったのか……」

と言って、母の方を見た。

「私も、はっきり聞いたわけじゃありません」

と、文代が言った。「ただ……ルミちゃんが、何とかいう大臣の……」

「ああ、そうです。ルミちゃん、その人に好かれていて、どうも……愛人になってるみたいなんです」

「垣山ですね」

「じゃ、垣山がマンションを？」

と、真弓が言った。

「どうかな」

と、淳一は首をかしげて、「もちろん、その可能性もある。しかし、少なくとも後で責任を問われるような下手な金の使い方はしないものだ」

「うまく裏金でも……」

「上田ルミ当人に訊いた方がいいかもしれないな。それとも母親か」

「そうしましょ。ともかく人が殺されてるんだから、放っておけないわ」

「寿子君」

と、真田が不安げに、「当分、上田ルミと会っちゃいけないよ。殺人事件なんかに関連して名前が出たら、ＴＶなどは使ってくれない」

「ええ……」

寿子も、さすがに何も言い返せないようだった。

「心配いらないわ。不必要に名前を出したりしないわよ」

と、真弓が言うと、真田は、

「頼むよ！」

と、拝むように手を合わせた。

「それより、気になるのは誰が殺したか、だ」

と、淳一は言った。「あの腕は並じゃないぞ」

「プロの殺し屋？」

「今は殺しだけじゃ食っていけないだろう。誰か、腕ききの……」

「まさか――南山？」

「その可能性があると思うぜ」

「誰なの、それは」

と、咲子が訊いた。

「強盗殺人犯さ」

「凄い！」

「あなた――」

「南山が、もしルミのスキャンダル絡みでカメラマンを殺したんだったら、寿子君たちとも関ることがあるかもしれない。一応顔を憶えといた方がいい」

「分ったわ」

真弓が南山の写真を寿子たちに見せた。

「――怖い」

と、寿子が言った。「見たとこ、そんな風に見えないのが怖い」

「そうなんだ」

と、淳一は肯いて、「実際、本当に優しい性格だったりするからね」

「そうなんですか」

と、寿子は肯いて、「この顔、憶えておこう」

「私も」

と、咲子が南山の写真に見入る。「お母さんも見といた方がいいよ」

「そうね」

「お母さんは人の顔、よく憶えるんだよね」

と、咲子が自慢げに、「看護師だから」

「そりゃあ、患者さんならね」

と、文代はちょっと笑って言った。

そして、南山の写真を見ていたが――。

顔から笑みが消えて、

「この人……。病院へ来たことがあります」

と言ったのである。

「本当に？」

真弓もさすがに食事の手を止めて、「いつですか！」

「待って下さい。——今の病院で、外来の方にいたときです。たぶん、消化器内科の先生のところに。今から……三週間くらい前でしょうか」

「それは大変な手掛りだ」

と、淳一は言った。「もし、また来ることになっていれば……」

「取っ捕まえてやる！」

と、真弓もいきり立っている。

「待て。今張り切っても仕方ない。——結木さん、明日にでも調べてもらえますか」

「分りました。〈南山〉って名じゃないでしょうね」

「おそらく別人の身分を利用しているでしょう。次の予約が入っていればいいんですが」

「名前は憶えていませんが、この顔は……。そう、待合室で美術雑誌を開いていましたわ」

淳一と真弓は顔を見合せた。間違いなく南山だ。

「しかし、よく憶えてますね」

と、真田が関心した様子で言った。

「患者さんのことなら」

と、文代は少し照れたように言った。

「消化器ね……。どこか悪かったのかしら」

と、真弓が言った。

「殺しは胃に悪いのかもしれないぜ」

と、淳一が言った。


翌朝、結木文代は八時前に勤務先の総合病院に着いた。

当直の看護師から、一人一人の入院患者についての引き継ぎがある。その前に、消化器内科に現われた南山という男のことを調べたかった。

だが、別人の保険証などを使って、偽名で来院しているときは、調べるのは難しい。よほど特徴のある病状でもないと。しかも、事情を話さずに、医師から話を訊き出すことは難しい。患者の秘密を洩らすことは許されないからだ。

ともかく、消化器内科へ出向いて、顔見知りの看護師を捜した。

そうする内にケータイが鳴って、見れば上田ルミの母親上田さつきからだ。

「――もしもし。――どうも。え？」

文代は思わず訊き返していた。

確かに、会ったときに上田さつきから、

「何だか胃腸の調子が良くなくて……」

と、聞いていた。

文代としては、

「何かあったら、いつでも電話してちょうだい」

と言わざるを得ない。

「ええ、もちろん構わないわよ」

と、文代は言った。「それで、どんな様子?」

胃の痛みがなかなかおさまらないという。

「――じゃあ、消化器外来へ来てちょうだい。大丈夫。お昼前に診てもらうように話しておくわ」

「悪いわね、文代さん」

「どういたしまして」

上田さつきは、もともと体が弱い。そこへもって来て、夫が行方をくらまし、さつきは無理を重ねて、ルミとの暮しを支えなければならなかった。

今、ルミがああして稼いでいるから、生活に困ることはないだろう。しかし、母親という立場で考えれば、文代にもさつきが辛い思いをしていると想像がつく。

胃を悪くしても当然かもしれない。

「でも……大したことないといいけど」

ケータイを切って、文代は呟いた。

消化器内科の外来は三人の医師が交替で受け持っていた。

「あのときは確か……斉田《さいた》先生だわ」

そういう点、文代の記憶は確かである。

もし、本当に南山が再診に来るとすれば、同じ医師にかかるだろう。

文代は、消化器内科の診察室の外に出ている担当医の名を見た。

「今日だわ」

今日、担当は斉田医師だ。

もちろん、南山が今日来るとは限らないが、少なくとも可能性はある。

文代は、今日の診察予約をパソコンで見た。

——午前中だけで七人入っている。

女性が三人。男が四人。文代は、男性患者の年齢を見て行った。六十代、五十代は違うだろう。三十代の男性が二人いた。

午後は外来といっても、違う医師になる。

文代は少し迷ったが、廊下へ出て、隅でケータイを取り出し、真弓へかけた。

「——もちろん、今日来るとは限らないのですけど」

「いえ、たとえ可能性一パーセントでも、〇《ゼロ》よりずっといいんです」

と、真弓は言った。「そちらへ行って、一応確認します」

「分りました」

文代は少しホッとした。自分が責任を感じる必要がないと分れば気が楽だ。

廊下を戻って行くと、

「やあ、珍しいね」

斉田医師がまだ白衣も着ずにやって来た。三十代の、爽やかな感じの医師だ。

文代とは気が合った。

「おはようございます」

と、文代は微笑んで、「今日も大変そうですね」

「うん。午前中に七人だぜ。十二時に終るわけないよ」

「そんな所へ申し訳ないんですけど、一人、入れていただけませんか」

「君の知り合い？」

「ええ。同郷の人で、今、四十五歳だと思います。娘の友人の母親で」

「分った。名前を看護師に言っといてくれるかな」

「はい。よろしく」

と言って、「――先生」

「うん？」

どうしようか、と迷いながら、つい言ってしまっていた。

「実は、もしかして……」

斉田なら話しても大丈夫、という気持だったのだろう。

事情を聞いて、斉田はびっくりして、

「殺人犯？　そいつは怖いね」

「すみません、余計なこと言っちゃって」

「いや、いいんだよ。もし本当にその――南山っていったっけ？　その男がやって来るとしたら、こっちもそのつもりでいないとね」

「いえ、先生、何もしないで下さい！」

と、文代は急いで言った。「もし気付かれたら、先生も危いかもしれないんです」

「そうか。確かにそうだね。しかし――もちろん今日来るとは限らないんだろ？」

「そうです。再診の予約が入ってるかどうかも分らないんですから、可能性はとても低いわけで――」

「三十歳とか言ったね。少なくとも、今日の患者の中には……」

斉田がパソコンの画面を出して、「ああ。一応三十代が二人いる」

「ええ。憶えてますか、どんな人か」

「さてね……。待ってくれよ」

斉田は眉を寄せて考え込んでいたが、「そうだ。こっちの一人は、前にも診てる。どこかのコンビニの店長さんで、上からの締め付けが厳しくて胃をやられたんだ」

「その人じゃなさそうですね」

「もう一人は記憶がないな。ええと……北川《きたがわ》さんか」

そこへ、担当の看護師が顔を出して、

「先生」

「ああ、何だい？」

「最初の予約の北川さんが、いらしてるんですけど」

「診察時間はまだだよ」

「ただ、何か急なご用で、もしできれば診ていただけないかと……」

「そうか。――分った。検査結果を用意してくれ」

「はい」

文代は、診察室を出て行こうとして――。

「先生」

と、振り向くと、「北川さん、ですか?」

「うん」

「北川……。南山の反対ですね」

やや沈黙があった。

「――まさか」

と、斉田が言った。

ドアが開いて、

「失礼します」

と、スーツ姿の男が入って来た。「どうもご無理を申し上げて……」

文代は斉田を見た。――目が合う。

「じゃ、先生。後でまた」

「ああ。頼むよ」

文代は診察室を出た。斉田が、

「先日の検査の結果が今来ますので……」

と言っているのが聞こえた。

文代は震える足を踏みしめて、何とか廊下の奥へ行くと、ケータイを取り出した。

「――もしもし」

「今野です。今、そちらへ向っていますが」

と、真弓が言った。

「来ています」

「――え？」

「南山が……、今、診察室に」

真弓が息を吞んだ。

「あと数分で着きます。気付かれないように、ガードマンを呼んで下さい」

「分りました」

「そして、近くにいる患者さんや看護師さんを、遠ざけて下さい。騒ぎにならないように静かに」

「はい」

ケータイを持つ手が震えていた。そこへ、資料を手にした看護師がやって来た。

「あ――」

文代は、思わず声をかけそうになったが、若い看護師は全く気付かずに診察室へ入って行った。

「そうね……」

青くなって震えている自分が入って行ったら、南山にすぐ気付かれるだろう。何も知らない看護師の方がいい。

そうだ。真弓に言われたことを――。

手近な診察室の一つへ入ると、まだ誰もいなかった。机の上の電話で警備室へかける。

「――はい」

「あの、消化器内科の診察室の方へ急いで来て下さい」

「どうかしましたか？」

向うは面食らっている。事情を知らないのだから当然だろう。

「あの――説明はこちらで。ともかくすぐに来て下さい」

「分りました」

文代は受話器を置いて、

「落ちついて。――あんたはベテラン看護師なのよ」

と、自分へ言い聞かせた。

廊下へ出ると、診察を待つ人が、すでに数人ベンチにかけている。

この人たちを移動させる。――何て言えばいいだろう？

迷っていると、

「結木さん」

と呼ばれた。

今入って行った若い看護師だ。

「どうしたの？」

「先生がお呼びです」

「斉田先生が？」

何だか放心状態のような看護師に、首をかしげながら、診察室の中へ入ると――。

「ドアを閉めろ」

あの男――南山が、拳銃を手に立っていた。

銃口が真直ぐに文代を狙っている。

「斉田先生……」

文代は、斉田が机の上に突っ伏しているのを見て青ざめた。

「死んじゃいない」

と、南山は言った。「ちょっと強く殴っただけだ。お前が気が付いたんだな」

「お願いです。撃たないで」

「この先生は若すぎたな。俺と目を合せようとしなかった」

と、南山は言った。「どうして俺を知ってる？」

「それは……」

「まあいい。のんびり話してる暇はなさそうだ。お前は結木というのか」

「そうです」

「落ちついてるな。よし、今の若い看護師が外にいるだろう。そいつを連れて行く」

「待って下さい。そんな——」

「逆らわなきゃ殺さないさ」

南山は銃口を動かして、「そっちへよけてろ」

「待って……」

「おとなしくしてろよ」

南山は素早く診察室を出て行った。

「キャッ！」

と、あの若い看護師の声がした。

文代は、飛び出して行って助けよう、と思った。人質にするというのなら、自分がなるべきだ。

そう思った。しかし——体は動かなかった。

寿子がいる。咲子もいる。私はまだ死ねないのだ。

そう思うと、じっとしているしかなかった。

目が斉田医師へ向く。

「先生！」

と、駆け寄って、「しっかりしてください！　先生！」

揺さぶると、斉田は呻き声を上げて、ゆっくり頭を上げた。

「ああ……。君か」

「大丈夫ですか？」

「いや、見抜かれちまった。——あいつはどうした？」

「逃げました」

「そうか。——君が無事で良かった」

「それが……」

と、口ごもっていると、

「どうしました？」

と、ガードマンが入って来る。

「今、逃げて行ったでしょ。銃を持って」

「今ですか？　見ませんでしたが」

文代は診察室から飛び出した。

ガードマンは玄関の方から来ただろう。それでは南山は逆の方へ逃げたのだ。

そこへ、

「結木さん！」

と、真弓と道田がやって来た。

「あ、すみません！　気付かれてしまったんです」

「じゃ、どこへ？」

「こっち——だと思うんですけど」

「案内して下さい。道田君、この辺を調べて」

「分りました」

真弓は文代と一緒に廊下を辿って行った。

「若い看護師を人質にしています」

「厄介ですね。まさかこんなにすぐ……」

「ええ、びっくりしてしまって。——それで気付かれたんです」

と、文代は言った。「こっちが裏の出口なので、たぶん……」

少し細くなった廊下を急ぐ。

突き当りのドアが開いて、あの看護師がよろけるように入って来た。

「まあ！」

文代は駆け寄った。「大丈夫？　あなた……」

息を呑んだ。抱いた手に血がついていた。

「しっかりして！　お願いよ！」

文代は若い看護師の体を抱きしめながら、叫んだ。

13　殺人稼業

「何とか、命は取り止めたようだ」

と、斉田医師が言った。

「良かった！」

文代は震える声で言った。「本当なら私が撃たれていなきゃいけなかったのに……」

「そんな風に考えちゃいけないよ」

斉田は頭に氷のうを当てていた。「僕だって、下手すれば死んでた」

病院の中の宿直室である。

南山は病院の裏手から外へ出ると、すぐに停っていたタクシーを奪って逃走した。

そのとき、人質にしていた看護師を撃ったのである。

「あの子……。何て名前でしたか」

「ああ、尾田《おだ》君というんだ。尾田ゆかり」

「名前も知らなかった……。新しい人ですね」

「うん、他の病院から移って来た。半年前くらいかな」

「あんなに若くて、こんな目にあって……。可哀そうなことしたわ」

「そう自分を責めちゃいけない。南山をきっと捕まえてくれるさ」

真弓が入って来た。

「あ、今野さん」

「タクシーは見付かりました」

と、真弓は言った。「もちろん南山はいませんでしたが」

淳一が入って来て、

「とんでもないことでしたね」

と、文代に言った。

「まさか、あんなにすぐ出くわすなんて……」

「どんな可能性も考えておかなきゃいけないってことだな」

と、淳一は言った。「タクシーの運転手は大丈夫だったのか?」

「運転手はちょうど車を降りてタバコを吸ってたのよ。それで車だけ持って行かれたの」

「幸いだったな。運転させられていたら、たぶん殺されただろう」

「本当に冷酷な奴ね!」

真弓は怒りを隠し切れなかった。

「まあ、先生も文代さんも無事で良かった」

「でも、尾田さんって若い看護師が……」

「聞いています」

「あのとき、私が連れて行かれれば良かったんです。そうしようと思えばできたのに、つい、寿子や咲子のことを考えてしまって……」

文代はハンカチで涙を拭って、「あの尾田さんの耐えている痛みを思うと……」

「きっと敵《かたき》は取りますよ」

と、真弓は言った。「もっと痛い思いをさせてやります！」

「もう、痛い思いはしているかもしれません」

と、斉田が言った。

「というと？」

と、真弓が斉田を見る。

「いや、この前南山が来たとき、検査したんです」

と、斉田は手に持って来た封筒から中身を取り出した。「胃に大きな潰瘍《かいよう》があります。出血していますし、当人も痛みがあると思いますよ」

「まあ……」

「痛み止めを手に入れようとするかもしれないな」

と、淳一は言った。「薬局や病院に注意を促した方がいいかもしれない」

「そうね！　人を殺して、ただじゃすまないってことを思い知らせなくちゃ」

と、真弓は力強く言って、「――手配するのよ。指名手配。そして『痛み止めを買いに来る客に注意』って言ってやる。そしたら、なかなか手に入らなくて焦るでしょう」

「うん……。しかし、乱暴な手段で手に入れようとしないといいが」

「そのときは五分で日本中どこへでも駆けつけるわ」

「無茶言うな」

その会話に、文代はやっと笑みを浮かべた。

すると、ドアが開いて、

「お母さん！　大丈夫？」

と、寿子が飛び込んで来た。

咲子も一緒だ。

「まあ、あんたたち……」

「ニュース見て、びっくりして。――けがしてない？」

「お母さんは大丈夫よ。心配してくれて嬉しいわ」

文代は、寿子と咲子の手をしっかりと握りしめた。

宿直室のドアが開いて、看護師が顔を出すと、

「結木さん！」

と、文代へ声をかけた。「お知り合いの上田さんが――」

文代が立ち上って、

「どうしたの？」

「倒れたんです、検査の後で」

「まあ。すぐ行くわ」

文代は斉田医師を見て、「斉田先生、上田さつきさんが」

「貧血を起してたからな」

と、斉田は言った。「たぶん胃で出血してるんだ」

話を聞いて、寿子と咲子がびっくりした。

「お母さん！　それって、ルミのお母さんのこと？」

「ええ、そうなのよ」

と、文代は肯いた。「胃の具合が悪いと言って来たの。騒ぎで待ってもらったけど、斉田先生が診て、検査に回してたのよ」

「ルミ、知ってるのかな」

「どうかしら。連絡してみてくれる？」

「分った」

寿子はケータイを取り出し、上田ルミへかけた。

なかなか出なかったが、二度目にかけ直すと、ルミが出た。

「寿子?」

「ルミ、今、出られる?」

「どうしたの?」

「お母さんが倒れたって」

ルミは面食らったようで、

「うちのお母さんが?」

寿子の話を聞いて、ルミは、

「知らなかった!　病院どこだっけ?」

寿子が説明すると、ルミは、「――分った。できるだけ早く行くようにする」

と言った。

そのとき、ルミの近くで、

「何の話だ?」

と言っている男の声がした。

ルミがすぐに切った。

「寿子ちゃん」

と、真弓が言った。

「今、ルミ、男の人といる」

と、寿子は辛そうに、「若くない声だった。たぶん――垣山大臣だと思う」

「そうか」

淳一は肯いて、「責められないな、ルミって子のことを」

「お母さんが胃をやられるわけね」

と、真弓も肯いた。


上田ルミが病院へやって来たのは、一時間ほど後のことだった。

「――ルミちゃん」

と、文代が迎えて言った。

「どうですか？」

「大丈夫。今は薬で眠ってらっしゃるわ」

と、文代はルミの手を取って言った。

「あの――母の具合は？」

「ええ。胃で出血があってね」

と、文代は言った。「でも、悪い病気じゃないから」

「――良かった！」

ルミが胸に手を当てて、「すみません、面倒かけて」

「いいえ。できれば今日一日入院した方がいいと思うんだけど、どう？」

「ええ、ぜひお願いします」

と、ルミは言った。

個室の病室で、上田さつきは静かに眠っていた。

そばにいたのは咲子だった。

「あ、咲子ちゃん……」

と、ルミは言った。「今日、何かあったの？　この病院の近くにパトカーが」

「うん、大変だったんだよ」

咲子が、南山の件を話して聞かせると、

「そんなことがあったの！　巻き込まれなくて良かった」

「うちのお母さんは危なかったの」

詳しく聞いて、

「怖いね！」

と、ルミは首を振って、「あ、お母さん」

話をしている間に、上田さつきが目を開いていた。

「ルミ……。来てたの……」

「うん。今日は入院ね」

「そのようね。——あんた、大丈夫なの、ここへ来てて」

「うん。もう今日は……」

と、ルミは言葉を濁した。

さつきは娘を見ながら、

「ごめんね、ルミ。お母さんがこんな風に弱いもんだから、あんたに——」

「やめて」

と、ルミは遮《さえぎ》って、「もうその話はしないことにしたでしょ。私は自分のためにやってるの。お母さんのために、いやいややってるわけじゃない」

「ルミ……」

——咲子は、その間にそっと病室を出ていた。聞いてはいけないような気がしていたのだ。

廊下に、淳一と真弓が立っていた。

「ルミさんに、あのカメラマンのこと、言ってないんですけど」

と、咲子は言った。

「言わない方がいい」

と、淳一は言った。「もし、例の大臣の耳に入ったら、警戒してしまうだろう。ルミ君にしても、垣山の世話になっている以上、隠しておけないだろうし」

「そうね。ルミって子には気の毒だけど、今は南山を自由に動かせた方がいいわ」

と、真弓は言った。「もちろん、南山の捜索は続けるけどね」

「ルミさん、大丈夫でしょうか？」

と、咲子は心配そうに、「命を狙われたら……」

「まずその心配はないだろう。しかし、ルミ君のことも監視しておくよ」

「勝手に決めないで」

と、真弓が面白くなさそうに、「それは刑事の私が決めることよ」


「どういうことなんだ」

電話の相手は苛立っていた。

「俺だって分らないよ」

と、南山は言った。「どこかに、俺の顔を知ってる奴がいたってことだな」

「追われてるんだぞ。大丈夫か」

「心配するな。今さら他の奴を見付けるのは骨だぜ」

「それはそうだが……。前金を払ってるんだ。ちゃんと仕事をしてくれよ」

「分ってるとも。そっちの方こそ、急に別の仕事を入れて来たんだぜ。そのせいで危い目にあったんだろうからな」

「ちゃんと別口の料金は払う」

「早くしてくれ。こうなったら、本来の仕事も、予定をくり上げて実行する」

「頼むぞ。金は明日には渡す」

「分った。明日、正午にN公園に持って来い」

「おい、待ってくれ。午前中に金ができるかどうか――」

「こしらえろ」

と言って、南山は切った。

ホテルの部屋で、南山はベッドに横になっていた。

「畜生……」

と、つい呟いてしまう。

南山としては信じられないようなへまである。

確かに他の件で顔が知られていることは分っている。しかし、まさか病院で……。

「う……」

思わず声が洩れる。

胃が痛んだ。――痛み止めでももらっとくんだったな。

南山はしばらくじっと寝ていた。

痛みはやがて去ったが、しかし、波のようにくり返しやって来る、その痛みは、少しずつ、間隔をつめて来ていた。

仕事の途中で、痛みが来たら……。

そう思っても、プロとしての南山の意地がある。失敗すれば、待っているのは刑務所――いや、おそらくは消される運命だろう。

あまりにまずい事を知り過ぎている。

――南山はゆっくりと起き上った。

「薬だ……」

何とかして、痛み止めを手に入れる。

それも、その辺の薬局で売っているようなものでは大して効かないだろう。病院で医師が出してくれるもの……。

「――そうだ」

南山は思い付いたことがあった。

「お疲れさま」

結木文代は、若い看護師へ声をかけた。

何があっても、病院はいつもの通り活動していくのだ。

斉田が廊下をやって来た。

「先生。大丈夫ですか?」

と、文代は訊いた。

「ああ。もう何ともない。尾田君ももう安心だ」

「良かったわ」

文代は微笑んで、「顔を見てから帰りましょう」

文代は着替える前に外科の病棟へと向った。

撃たれた尾田ゆかりは、幸《さいわ》い弾丸が貫通していたこともあり、また太い血管をそれていたので、助かった。

文代としては、尾田ゆかりが「自分の代りに撃たれた」という思いがあって、胸が痛んだ。

病室は、個室しか空きがなかったので、ずいぶん高い特別室に入っていた。

明りは消えていたので、そっと戸を開けて、中へ入ると、ベッドの方へ歩み寄った。

痛み止めの点滴を入れているので、尾田ゆかりは眠っていた。

「ごめんなさいね……」

と、文代はそっと言って、尾田ゆかりの頰を指先で触れた。

「早く元気になってね……」

と言って、戻ろうとした文代の目の前に、銃口があった。

「たぶん、あんたが来ると思ってたよ」

と、南山が言った。

恐怖より、怒りの方が先に立って、文代は、

「恥知らず！」

と口走っていた。「この子に謝りなさい！」

「いい度胸だ」

と、南山は感心したように、「看護師ってのは、みんなあんたみたいに勇敢なのかい？」

文代はちょっと息をついて、

「何の用なの？」

と言った。

「痛み止めをもらいに来た」

「何ですって？」

「あの医者も分ってるだろ。検査したんだからな。胃の痛みを抑える薬が欲しい」

文代は、斉田の話を思い出した。

「そのためにここへ？」

「ああ。その辺で売ってる薬じゃ、大して効かないだろう。よく効いて、眠くならない薬がいる」

「そんなこと……無理よ」

「もちろん、無理は承知だ。しかし、俺も仕事のプロだ。痛みを抑えて、仕事を片付けなきゃならん。――なあ、この若いのはせっかく助かったんだろう？　今から死なせたくなかったら、薬を持って来い」

「でも――」

文代は、南山の視線を真直ぐに受け止めた。――本気だ、と思った。

「言いわけはいい。薬を持って来なけりゃ、この若い女が死ぬ。それだけだ」

「分りました」

「むろん、下手な小細工はするなよ。通報したと分ったら、即座にこいつを殺す」

「分っています。少し待って下さい」

「長くは待てねえ。十分以内に戻って来い。いいな」

文代はベッドで眠っている尾田ゆかりの方へ目をやった。

この子を死なせるわけにはいかない！

「十分以内に戻ります」

と、文代は言った。「その代り、この子に手を出さないで」

「分ってる。ただし、断っとくが、俺は薬についちゃちょっと詳しいんだ。わざと違う薬を持って来たりすれば、こいつの命はない」

「分っています」

文代は肯いて、病室を出た。

——どうしよう？

ともかく南山に薬をやって、尾田ゆかりの命を救わなくてはならない。

仕方ない。今は、南山の指示通りにするしか——。

「あ、どうも」

と、声がした。「まだいたんですね」

文代は足を止めて、道田刑事が立っているのを見て息をのんだ。

「——あ、刑事さん」

「あの尾田ゆかりさんって看護師さん、どんな具合か見て来いと真弓さんに言われましてね」

「そうですか……。あの……今、私、行って来たところです。よく眠っていますわ」

「そうですか。それは良かった」

「すみません、私、ちょっと急ぎの用が――」

「あ、どうぞ。すみません、引き止めて」

「いいえ」

文代は急いで薬局へと向った。

道田は廊下の隅へ行って、真弓へ電話した。

「――ええ、ちょうど結木文代さんと出会いまして」

と、道田は言った。「あの看護師はよく眠っているそうです」

「そう、良かったわ」

と、真弓が言った。「でも、一応顔を見てらっしゃい。なかなか可愛い女性よ」

「真弓さん……」

「いいから、ちゃんと自分の目で確かめて。いいわね」

「分りました」

道田はケータイをポケットへ入れると、窓口へ行って、

「すみません、尾田ゆかりさんはどの病室ですか？」

と訊いた……。


仕方ないわ……。

文代は、薬局から痛み止めを何種類か取り出した。

南山の言いなりというのは悔しいが、尾田ゆかりの命がかかっている。

しかし、何と大胆な男だろう。

感心するというのも妙だが、南山が文代の気持をちゃんと読んでいたことに、舌を巻いていた。

文代は薬を袋に入れて、尾田ゆかりの病室の方へ戻って来た。

「──ね、ここにいた刑事さんは？」

と、窓口に訊いた。「もう帰った？」

「いいえ。尾田さんの病室にいますよ」

「え……」

文代の顔から血の気がひいた。──どうなったのだろう？

急いでゆかりの病室へ。そして、ドアを開ける。

「──あ、どうも、さっきは」

道田刑事が振り返って言った。

「はあ……」

「よく眠ってますね。良かった」

「ええ、まあ……」

「真弓さんに報告しておきます」

と、道田は言って、「では、失礼します」

「どうも、わざわざ……」

文代は道田が出て行くのを見送って、それから病室の中を見回した。

ガタッと音がして、壁に寄せてあるロッカーの扉が開いた。

「まあ……」

南山が出て来たのだ。

「びっくりさせやがって……」

南山は息をついて、「刑事だな」

「ええ。でも、私は何も――」

「分ってる」

南山は遮って、「刑事は殺したくないからな。おい、薬は?」

「これです」

と、文代は袋ごと渡した。

南山は中を見て、

「違う薬が入ってるな」

「メモを入れておきました。早く効くのと、原因を治療するのと別ですから」

「分った」

と、南山は言って、「薬代はそこに置いた」

ゆかりのベッドの隅に、一万円札が置いてある。

「おつりは出ません」

と、文代が言うと、南山は笑って、

「お前も面白い奴だな。——助かったぜ」

「お願いですから——」

「心配するな」

と、南山は言った。「俺が出て行って、十分待ってから、通報しろ。それなら、もうここへ来ないと約束する」

「分りました」

文代が肯く。

南山は素早く病室から出て行った。

文代は息をついた。——十分。

あんな男、とは思ったが、十分待つことにした。

ゆかりを危険にさらすわけにはいかない。

時計を見て、きっかり十分してから、文代は今野真弓へ電話を入れた。

14　チャンス

〈F美術館〉は、相変らず混雑していた。

淳一は表に立って、周囲へ目をやった。

「あ、淳一さん」

ガードマンの制服の大月ハルが出て来て、

「中、見ます？」

「ラファエロかい？　大した人気だね」

「そうなんです。この美術館、始まって以来の入場者数ですって」

と、ハルは言った。「比例してお給料も上るといいのに」

「もう一人のガードマン――水戸さんだったね。どうしてる？」

「ええ、毎日、決死の覚悟って顔して来ています」

と、ハルは笑って、「昼間に盗みに入るわけないんだから、って言ってるんですけど」

「道田君や、他の刑事も用心してるからね」

「ありがとうございます」

「まあ――胃が痛そうな客がいたら、気を付けてくれ」

「胃が？」

病院での出来事を聞いて、ハルはびっくりした。「あの事件が南山の？　ニュースで見ましたけど」

「大胆な奴だよ。しかし、必要とあれば、ためらわずに人を殺すだろう。無理しちゃいけないよ」

「分ってます。私も、お母さん残して死ぬわけにいかないですもの」

「それでいい」

と、淳一は言った。「長生きするんだよ」

「はい」

と、ハルは微笑んで言った。

あいつは……違うか。

もう一人のガードマン、水戸は混雑している会場の隅に立って、客の顔を次から次へと見ていた。

あれは？　――どこか南山の写真と似てるぞ。しかし――どう見ても七十は過ぎてるな。

あっちの奴は？　――しかし、まさか高校生の格好をして来ないだろう。

あ！　あれは……顔が南山とそっくりだ！

しかし、南山は女じゃないし……。

しばらく目をこらしていると、頭がクラクラして来る。ハルからも言われているのだが、自分は警官じゃない。何も、南山を逮捕するのが仕事ではない。

分ってはいるが……。

「いや、凄い人ですね」

と、そばに来て言ったのは、観光バスの運転手。「どんなもんかと思って、入ってみたんですが、肝心のラファ……何とかいう絵はまるで見えない」

「ああ、毎日この調子だよ」

と、水戸は少しホッとして言った。「お客を乗せて来たのかい？」

「ええ。都内の美術館巡りでね。ここも、その目玉の絵だけ見て、次へ回ることになってるんだけど、これじゃすぐには出られないな」

「うん。少なくとも二十分はかかると思うよ」

「そうか」

運転手は欠伸《あくび》をして、「それじゃ、バスに戻ってひと眠りするか」

「ご苦労さんだね」

「いや、どうも」

――バスの運転手は、ガードマンから離れると、フッと笑いをこぼした。

南山である。

あのガードマン、名札に〈水戸〉とあったが、客の顔を必死で見ていた。おそらく南山を捜しているのだ。しかし、当の南山が、別に変装もせず、ただ運転手の服装で現われても全く気付かない。

おそらく、南山の方から話しかけてくる、などということはあり得ないと思っているのだろう。――南山はついニヤリと笑った。

水戸といったな。あいつは使えそうだ。

南山は素早く美術館を出て、人の流れの中に紛れ込んだ。


「おい、ルミ」

と、垣山が呼んだ。

「――なあに？」

シャワーを浴びようとして、バスルームに入りかけていた上田ルミは垣山の方を振り向いた。

「母さんが入院したって？」

「ああ。――そうなの。元々体が弱かったから」

「そうか。病院の方は大丈夫か？」

「ええ。いい病院で診てもらってる」

「何かあれば、秘書の山中に言え。色々やってくれる」

「ありがとう。やさしいね」

ルミはベッドへ戻ると、垣山にキスした。

もちろん、本気で六十五になる大臣を好きなわけではない。しかし、母が入院したりして、垣山を大事にしておかないと、明日はどうなるか分らないのだ……。

「可愛い奴だ」

と、垣山はルミの頭をなでた。

「もっとゆっくりできる？」

「いや、もう出ないと」

垣山はベッドから出て服を着ながら、「そうだ。――ルミ」

「うん？」

「Sテレビの局長が、今度始まるバラエティのアシスタント役を捜してる。お前の話をしたら、会ってみたいそうだ」

ルミの顔が見る見る赤く染って、

「本当？　それって、どこへいつ行けばいいの？」

「まあ、落ちつけ」

と、垣山は笑って、「山中に訊けば分る。明日辺り、オーディションがあるらしいぞ」

「私、チャンスを逃さない」

「その意気だ」

「ありがとう！」

ルミはもう一度垣山にキスした。

上機嫌でホテルの部屋を出て行く垣山を見送ってから、ルミは、

「やった！　やった！」

と、部屋の中やベッドの上で飛びはねた。

とうとうチャンスが巡って来た。芸能界にデビューできるんだ！

気が早いと分ってはいたが、ルミはすっかりテレビに出るつもりになっていた。

「オーディションか。絶対に受かってやる！」

ルミのケータイが鳴る。秘書の山中からだ。

「——大臣から聞いたろ？　明日の午後三時から、Sテレビでオーディションだ」

「どこへ行けば？」

「Sテレビ、知ってるか？　六本木にある」

「知ってるよ、もちろん」

「そこの受付で聞けば分る。一応、大臣が話を通して下さってるが、絶対大丈夫とはいえないからな。承知しといてくれ」

「うん、分ってる。でも、自分の力で受かってみせる」

「まあ頑張れよ」

と、山中は笑って、「大臣に、ちゃんと礼を言ってくれよ」

「もちろんよ、ありがとう」

——ルミは、山中と話して少し落ちついた。

むろん、スターにはなりたい。しかし、もし芸能人として、テレビに出たりするようになったら、垣山との間はどうなるだろう？

「そうか……」

垣山がテレビ局を紹介してくれたということは、ルミと手を切るためかもしれない……。

いや、まだ垣山がルミを大事にしてくれているのは確かだ。しかし——そうなる日が来ると覚悟しておいた方がいいかもしれない。

ルミは、ゆっくり風呂に入ってから、出る仕度をした。

少しぬれた髪をドライヤーで乾かしていると、ケータイが鳴るのが聞こえた。

「誰だろう。――もしもし？」

向うはしばらく何も言わなかった。いたずらだろうか？

「もしもし、切るわよ」

と、切ろうとすると、

「ルミ、聞いてるか」

男の声だ。――誰だろう？

「誰？」

「俺の声が分らないか」

少しして、ハッとした。

「川崎先生。――何なの、突然」

「とぼけるな！」

「何を怒ってるの？」

「分ってるぞ。お前が知らせたんだな」

「何の話？」

「俺は学校を辞めた」

と、川崎は言った。「加東まなみとのことが知れたんだ」

「ああ、あの女の先生ね。私、知らないわよ。そんなに暇じゃないもの」

「あくまでとぼけるのか」

「だって本当に知らないのよ。大体、自分が浮気しといて、何よ」

「ああ、確かに浮気してた。——加東まなみは、亭主に刺されたんだ」

「刺された？　死んだの？」

「重傷だ。亭主は捕まって、女房と俺の仲をしゃべった」

「それでクビ？」

「田舎の町だ。先生をやっちゃいられない。いいか、この借りは返すからな」

「馬鹿言わないで！　私じゃないってば！」

「後悔させてやるぞ」

と言うと、川崎は切ってしまった。

ルミは頭に来て、

「分らず屋！」

と、ののしったが、もう聞こえてはいない。

「自業自得じゃないの」

と呟いて、ルミは仕度した。

しかし――川崎がもし東京へ出て来て……。

「冗談じゃないわ！」

せっかくスターへの扉が開こうとしているときに、川崎に邪魔されたら。加東まなみとかいう女教師が刺された事件に関連して、もしルミの名が出たりしたら。

芸能界は、そういうスキャンダルを嫌う。川崎は、どうしてだか、ルミがその女教師の夫に、自分たちの関係を知らせたと思っているらしい。

「邪魔させるもんですか！」

と、ルミは鏡を見つめながら言った。

ルミがホテルのロビーへ下りて行くと、正面玄関から水色の可愛いワンピースを着た娘が入って来た。

「あ……」

その娘が足を止めて、「ルミじゃない」

「ああ。――寿子か。見違えちゃった」

結木寿子が、真田に付き添われてやって来たところだった。

「お母さん、どう？」

と、寿子が訊いた。

「うん。しばらく入院になるかも」

「そう。大変だね」

と、寿子は言った。「何かできることがあったら言ってね」

「ありがとう。寿子、仕事なの？」

「うん。今度出るＴＶの連ドラの制作発表があるの、これから」

「凄いね」

「でも、別に主役ってわけじゃないのよ」

真田が、

「もう行かないと……」

と、寿子を促した。

ルミは、真田が寿子を自分から遠ざけておきたいのだと感じた。スキャンダルを怖がっているのだろう。

「ルミ、またね」

と、寿子は微笑んで、真田と一緒にエレベーターの方へ行こうとした。

「ね、寿子」

と、ルミは言っていた。「私も明日、ＴＶ局のオーディション、受けるんだ」

寿子が振り向いて、

「そうなの？　良かったね！　頑張って」

「うん。受かってみせる」

「ルミなら大丈夫だよ」

寿子はそう言って、「じゃあ」

と、手を上げて見せた。

――ルミは、言ったことを後悔していた。

オーディションといっても、大した仕事ができるわけではない。しかし、第一歩には違いないのだ。

ただ、寿子が光を浴びている姿を見て、黙っていられなくなってしまったのだ。

「――そうよ」

と、ルミは呟いた。「オーディションに受かればいいんだわ」

必ず、必ず受かってみせる！

ルミはホテルから足早に出て行った。


「閉館時間になりました……」

というアナウンスが流れる。

〈F美術館〉の中には、まだかなりの客が残っていた。

「――水戸さん」

と、ハルが声をかけた。

「やあ。どうだい、そっちは」

「見付からないわよ、そう簡単に」

と、ハルは苦笑した。「水戸さん、大丈夫? 目が真赤よ」

「つい、客の顔を見ちまうんだ」

「分るけど、疲れ切ってる顔よ。もう帰ったら?」

「いや、ちゃんと閉めるまでは……」

と、水戸は言った。

「でも、刑事さんもいてくれるし、私たちがあんまり勝手に動かない方が」

「そうだな」

と、水戸は息をついて、「つい、この手で捕まえてやりたくなるんだ」

「危ないわ。相手は平気で人を殺す男よ」

「ああ、分っちゃいるんだがね」

と、水戸は肯いた。「じゃあ……今夜は帰るか」

「そうして。私、残ってるから」

「うん。——正直、少しくたびれてる」

と言って、水戸は笑った。

「南山が侵入するとしても、夜になってからだわ。——任せて。私も無理はしないから」

「じゃあ……先に失礼するよ」

水戸は、美術館の事務スペースへ入って行くと、ロッカールームに寄って、着替えた。

まさか南山と昼間に会っているとは、思ってもいなかった……。


「あ、ご苦労様です」

と、ハルは道田刑事が時間外出入口から入って来るのを見て言った。

「やあ、どうだい、様子は？」

と、道田が言った。

「ええ。館内全部見て回りました。誰もいません」

「一人で？　危いじゃないか。もう一人の人は？」

「水戸さんですか？　先に帰ってもらったんです。凄く疲れてたんで」

ハルの説明を聞いて、道田は肯くと、

「君ももう帰っていいよ。ここは僕がいるから」

「でも……」

と、ハルが迷っていると、

「道田君、その子を口説《くど》いてるの？」

真弓が淳一と一緒に入って来た。

「あ、真弓さん！　とんでもないですよ。口説くなんて」

と、あわてて否定する。

「冗談よ」

と、真弓は言った。

「お二人揃って……。今夜、危いんですか？」

と、ハルが訊いた。

「念のためだよ」

と、淳一は言った。「巡回は？」

「済みました。倉庫の中も、男子トイレも全部見ました」

「さすがだ」

――淳一は、南山がそういつまでも待っていないだろうと思っていた。

病院の事件で、南山は顔を知られている。ラファエロを盗みに入るにしても、一日たつごとに、発見される可能性が高くなる。

淳一は同じ「盗む立場」として、この二、三日が実行日になると思っていた。それで今夜やって来たのである。

「君はもう帰ったらどう？」

と、淳一に言われて、ハルは、

「でも、ガードマンとして、夜一人もいなくなるのは……」

「じゃ、今日の監視カメラの映像を見せてくれないか」

と、淳一は言った。

「はい！　すぐに」

管理室に入ると、モニターTVに、記録映像を映し出す。

「私も水戸さんも、お客の顔をずっと気を付けて見ていました。もちろん、一人残らずというわけじゃありませんけど」

館内のモニターに、出入りする客がずっと映っている。

南山が下見に来ていてもおかしくない。

「三台同時に見られるの？　凄いですね！」

と、ハルが目を丸くする。

「それぐらいでないと、つとまらない職業なのよ」

と、真弓が言った。

「へえ。——何のお仕事なんですか？」

ハルはふしぎそうに言った。

「まあ、それはともかく……」

淳一は、しばらくビデオを見ていたが、

「——この、水戸さんと話しているのは？」

と訊いた。

「あ……。私、見てませんけど」

と、ハルはモニターをじっと見ていたが、

「帽子かぶってるし、バスのドライバーさんですよ、この人」

「そうか。中へ入って来るの？」

「一応、団体さんを連れて来るドライバーさんは、タダで入れるんです。でも、普通はあんまり入って来ないで、バスの中で休んでますけど」

「そうだろうね」

淳一は、その男の動きにむだがなく、落ちつき払っていることに目をひかれた。

ドライバーの帽子をかぶっているので、顔は隠れて見えないが、水戸と話している。

そして、カメラの前から姿を消した。

「——見ててもきりがないな」

と、淳一は息をついて、「ともかくこの二、三日が危い。道田君も用心してくれ」

「任せて下さい！」

と、道田が胸を張る。

「相手は冷酷な殺し屋だ。無茶をするなよ」

と、淳一は言った。

「無茶はしないで、でも捕まえるのよ」

と、真弓が注文をつけた。「——周囲にも張り込んでる。大丈夫だとは思うけど」

「油断しないことだ」

と、淳一は言った。「ともかく大胆な奴だからな」

ちょうどそのころ、水戸は……。

15　命がけ

「——もしもし？」

と、水戸はケータイで妻にかけていた。

「ああ、俺だ」

向うが出ない。——おかしいな。

美術館を出て、水戸は行きつけの居酒屋で飲んでいた。

妻と娘は、実家に帰っていた。特に用事があってのことではないが、水戸がこのところ夜遅いので、二、三日泊って来ると言っていたのだ。

表に出て歩きながら、ケータイをポケットへしまうと、メールが着信した。

「何だ？」

女房からか？——本文がなく、写真だけ送って来ている。

水戸は足を止めた。

「——何だ、これは？」

わけが分らなかった。その写真には、妻の良子《りょうこ》が映っていた。椅子に座って、縛り上げられていた。

そして、良子の足下には娘のあやが、やはり縛られて寝かされている。

「これは……どうしたんだ？」

何かのいたずらか？

呆然としていると、電話がかかって来た。良子のケータイからだ。

「もしもし」

と出ると、すこし間があって、

「写真を見たか」

と、無表情な声が言った。

「どういうことだ」

「今の、お前の女房と子供の状態さ」

と、男は言った。

「お前は——」

「捜してたんだろ？　俺は南山だ」

水戸の顔から血の気がひいた。これは、冗談でも夢でもないのだ。

「良子とあやに何をしたんだ！」

と、声を震わせる。

「落ちつけ。痛い思いはさせてない」

と、南山は言った。「お前が俺の言う通りにすれば、二人とも無事に帰れる」

水戸は膝が震えて、立っていられなかった。近くにあったベンチに腰をおろすと、

「──何をしろと言うんだ？」

「言うことを聞いてくれるな」

「ああ。その代り、女房と娘は……」

「大丈夫。約束は守る」

「それで……」

「俺の狙いは分ってるだろ。ラファエロだ」

「ああ……」

「あれを盗み出す。手助けをしてほしいんだ」

「何をしろって言うんだ？」

「なに、大して難しいことじゃない」

と、南山は言った。

「──何ですって？」

真弓はケータイにかかって来た電話に出て、

「今、誰かが夜間出入口の方へやって来たそうよ」

「刑事に見られてるのか。じゃ、南山じゃあるまい」

と、淳一は言った。

誰が来たのか。――用心して見ていると、ドアが開いて、水戸が入って来た。

「――びっくりした！　水戸さん！」

と、ハルは声を上げた。「帰ったんじゃなかったんですか？」

「いや、それが……。思い出したんだ」

と、青ざめた顔で、「今日、俺はあいつに会ってたんだ」

「あいつ、って？」

「もちろん、南山のことだよ」

「会った？　本当に？」

と、ハルが目を丸くした。

「いつ会ったの？」

「昼間だ。この会場へやって来ていやがったんだよ。帰る途中で思い付いた」

「でも、会ったときは気が付かなかったの？」

「ああ。変装してたんだ。だから見ても分らなかった」

「落ちついて」

と、真弓が水戸の肩を叩いた。「それで、どうしてわざわざ戻って来たの？」

「そりゃ、あんた……。放っといたら、奴は盗みに来る。あの絵を」

淳一は、水戸の様子が普通でないことに気付いていた。

「じゃ、今夜、盗みに来るって言ったの？」

「いや、そうは言わないが……。うん、危いんだ、あの絵が」

「どういう意味？」

「つまり……そうなんだ。あの絵が――」

水戸がいきなり走り出した。

「水戸さん！　待って！」

ハルがびっくりして声をかけた。

すると――水戸は館内に入って、ポケットから取り出した小さな球を、床に叩きつけた。

たちまち白い煙が床から湧き上って、館内に立ちこめる。

「水戸さん！　何してるの！」

ハルが水戸の腕をつかむ。

そのとき、館内の明りが一斉に消えて、真暗になった。

「おかしいわ！　停電になっても非常電源で点くはずよ」

と、ハルが言った。

「隅で伏せていろ！」

と、淳一が怒鳴った。「南山と出くわすと危い！」

「でも――」

「隅へ行くんだ！」

淳一がハルを押しやった。

「あなた……」

「動くな！」

と、淳一は言った。

館内の広さと方向の感覚はつかんでいる。

水戸を何かで脅したのだろう。しかし、なぜわざわざ、こんな手間を？

「外へ連絡を？」

と、真弓が言った。

「いや、動くな。俺に任せろ」

淳一は準備してあった。おそらく、この二、三日の間に南山がやって来ると思っていたからだ。

数分が過ぎた。――闇と煙の中では、何十分にも感じられたが、やがてパッと明りが点いた。

煙はやや薄れていた。

「――水戸さん！」

と、ハルが叫んだ。「水戸さん、倒れてるわ！」

水戸が呻いた。脇腹から血が出ている。

「けがしてる！　しっかりして！」

と、ハルが抱き起す。

「頼む……。女房と娘が……」

と、水戸が苦しげに言った。「捕まってるんだ。助けてやってくれ……」

「そうだったの。すぐに刑事さんが駆けつけてくれるわよ。二人はどこにいるの？」

「分らない……。ああ、俺は泥棒に手を貸しちまった……」

「大丈夫よ！　そう簡単に盗めるもんですか」

ハルは壁面へ目をやった。そして――目を疑った。

「ラファエロが……」

壁からラファエロが消えていたのだ。

「ハルちゃん……」

「絵が――盗まれてる！」

煙が薄れて来る。

「おい、救急車だ」

と、淳一が言った。

「今、連絡したわ」

と、真弓が言った。

「俺はどうなってもいい。「傷はどう？」女房と娘が……」

と、水戸がくり返した。

「今、お宅へパトカーが急行してるわ」

と、真弓は水戸の方へかがみ込んで、

「絵をどうやって盗んだの？」

と訊いた。

「それは……知りません」

と、水戸は苦しげに、「申し訳ない……」

「腕のある泥棒なら、あれだけの明りが消えていたら充分に盗み出せるさ」

と、淳一は言った。

真弓も、淳一の言う通りだろうとは思ったが、

「でも、どこかまだ近くにあるはずよ！　周囲は見張らせてるのに」

「ああ、そうだな」

淳一がいやに落ちついているので、真弓はちょっと眉をひそめた。

「あなた……」

「ともかく、水戸さんの家族を保護することだ」

と、淳一は言った。「どんな高価な名画だって、人の命にゃ替えられない」

「そりゃそうだけど……」

そこへ、

「真弓さん！」

と、道田刑事が駆け込んで来た。

「どうしたの？」

「今、連絡が。この水戸さんの自宅の近くにいたパトカーがすぐ駆けつけて、奥さんと娘さんを無事に見付けたそうです」

「ああ……。良かった！」

水戸がそう言うと、気が緩んだのか、気を失った。ハルがびっくりして、

「水戸さん！　死なないで！」

「大丈夫だよ」

と、淳一は肯いて、「気を失っただけだ。――ちょうど救急車が来たようじゃない

か」

救急車のサイレンが表に停った。

担架に乗せられた水戸が救急車に運び込まれる。

「私、一緒に……」

と、ハルが言ったが、

「いや、君は美術館に残っていた方がいい」

と、淳一は言った。

「でも――」

「任せておきなさい。大丈夫だ」

「はい……」

ハルは、救急車がサイレンを鳴らして走り去るのを見送った。

「――でも、ラファエロが盗まれちゃった」

と、ハルはため息をついて、「私、クビになるかも……」

あれ？　つい今までそばにいた淳一の姿が消えていたのだ。

救急車の中で、水戸はふっと目を開けた。

「俺は……生きてるのか……」

と呟く。

「生きてるよ」

と、そばに座った救急隊員が言った。「今は救急車の中だ」

「そうか……。だけど……俺は泥棒の手伝いをしちまった……」

と、水戸は涙ぐんでいる。

すると、救急隊員が笑った。

その笑い声を聞いて、

「あんたは……」

と、水戸が目をみはった。

「ご苦労だった」

と、南山は言った。「しっかり役割は果してくれたな」

「あの絵を……どこへやった！」

「心配いらない。ちゃんと大事に運んでるよ、たった今な」

水戸が唖然として、

「じゃあ……この救急車で？」

「ああ。これはちょっと借りてるんだ。今ごろ、本当の救急隊員を乗せたのが、美術館に着いてるさ」

「何て奴だ……」

「悪く思うな。女房と娘は無事だったろ？　俺は余計な人殺しはしない」と、南山は言った。「ただ、すまないがあんたを病院へ連れて行けない。この辺で降りてもらおう」

南山が運転席へ声をかけた。「おい、この辺で停めろ」

救急車が停ると、南山は後ろの扉を開けて、水戸をストレッチャーごと降ろした。

人気のない公園だ。

「その内、誰か見付けてくれるさ」

と、南山は言って、「じゃ、大事にな」

南山が乗り込むと、救急車は静かに走り去った。

「ああ……。畜生《ちくしょう》……」

頭のいい奴だ。悔しいが、水戸もそう認めないわけにいかなかった。

「いてて……」

水戸を傷つけたのも、救急車で絵を運び出すためだったのだ。

こんな所に、誰かが通るんだろうか？

水戸が情ない思いで痛みに耐えていると――。

「動くなよ」

と、耳もとで言われて、びっくりする。

「あんたは……」

淳一が立っていたのだ。

「救急車を車で尾けて来た」

と、淳一は言った。

「あの救急車に南山がラファエロを——」

「分ってる。それより、あんただ」

「え？」


爆発音が聞こえて、南山は救急車の後方へ目をやった。

大分離れていたが、赤い炎と黒煙が上るのがくっきりと見えた。

「思ったより早かったな」

と、南山は呟いた。「可哀そうだが、生かしといちゃ後で厄介なことになりかねないからな」

ストレッチャーの下側に爆弾を仕掛けてあった。誰かがストレッチャーを七、八メートル動かすと爆発するようにしておいたのだ。

南山は、救急車の床を持ち上げた。

布に包んだ絵が現われる。

「おい、もうここでいい」

運転していた男に金を渡して、立ち去らせると、南山は自分が運転席に座って、ケータイを取り出す。

「――ああ、南山です。――ええ、ラファエロを手に入れましたよ」

と、淡々とした口調で、「約束の金を。――もちろん、引き換えです。――いいでしょう。では」

通話を切ると、南山はニヤリと笑ってから、ちょっと顔をしかめ、

「畜生……」

痛み止め――あの結木文代が出してくれた薬だ――を飲んで、ペットボトルの水で流し込む。

すこしすると、痛みが治まって来た。

「いい薬だ」

と肯くと、南山は救急車で夜道へ出て、少しのんびりと走らせた。

「ひどい！　ひどいわ！」

ハンカチは、涙でクシャクシャになっていた。「あんないい人を……」

大月ハルは、ラファエロ盗難で閉館している〈F美術館〉に出勤して来た。

そこで、ガードマン仲間の水戸が爆弾で死んだと聞かされたのである。

「気持は分るよ」

と、慰《なぐさ》めたのは道田刑事だった。「必ず南山は捕まえるから」

「お願いします！」

と、ハルは言った。「でも、連行するとき私に一発殴らせて下さい」

道田としては、そんな約束はできなかったが……。

新聞もTVも、〈ラファエロ盗難〉のニュースがトップ。ガードマンとして、ハルも責任を感じていた。

でも、クビになったら困る。何しろ、母との生活がかかっているのだ。

「やあ、大丈夫かい？」

と、やって来たのは淳一だった。

「あ、今野さん……」

「水戸さんは残念だったね。奥さんと子供が無事だったのは、せめてもだがね」

「あの救急車が偽物だったんですね」

と、ハルは言って、「もし、私がついて行ってたら……」

「君も命はなかっただろうね」

今さらのように、ハルはゾッとした。

「私、まだ何も言われてませんが、クビでしょうね」

と、ハルが言うと、淳一は、

「なに、ラファエロを取り戻せばいいのさ」

と、アッサリ言った。

ハルは面食らって、

「そんなに簡単に……」

「もちろん大変だよ。しかし、ここから持ち出せたんだ。戻すことだってできる」

「理屈ではそうかもしれませんけど……」

と、ハルは当惑している。「でも、今野さん……」

「何だい？」

「取り戻せるものなら……ラファエロより、水戸さんの命を取り戻して下さい」

「ハル君……」

「すみません、こんな無茶言って」

と、涙を拭って、「でも、新聞もTVも、ラファエロが盗まれたって騒ぐばっかりで、水戸さんが殺されたこと、ほんの付け足しみたいなんですもの。ガードマンとして仕方のないことかもしれませんけど、何だか水戸さんが可哀そうで」

ハルは何とか涙をこらえて、

「ごめんなさい。もう……大丈夫です」

と、背筋を伸した。

淳一はしばらくハルを見ていたが、

「君、ちょっと」

と、ハルを促して、美術館のロビーへ出た。

閉館しているので、人気《ひとけ》はない。

「何ですか？」

と、ハルが訊くと、

「ちょっと待ってくれ」

淳一はケータイを取り出して、かけると、「ああ、今野だよ。今、ちょっと話してほしい人がいる」

と言って、ケータイをハルに渡した。

「誰ですか？　――もしもし？」

「やあ」

と、少し困ったような声がした。「心配かけて――」

「え?」

「水戸だよ」

ハルの手からケータイが落ちた。予期していた淳一が下で受け止めると、

「これは秘密だよ」

と、もう一度ハルに持たせる。

「あの……水戸さん! 生きてたの?」

「今野さんのおかげでね。一旦、死んだことにしてるんだ」

「まあ……」

ハルは何と言っていいか分らず、ケータイを淳一へ返した。

「――誰にも言わないでいてくれるね」

淳一に言われて、ハルはしっかり肯くと、

「あの……いいですか?」

「いいって、何が?」

ハルがいきなり淳一にギュッと抱きつくと、キスした。――さすがにびっくりしている淳一へ、

「ありがとう!」

と言うと、ハルは、「決して他の人には気付かれません!」

と駆け出して行った。

淳一はハルを見送って、

「いい子だな」

と微笑むと、「――しかし、真弓に見られなくて良かった」

と呟いた……。

16　オーディション

六本木Sテレビ。

オーディションに、午後三時に来いと言われていたが、上田ルミは二時にはもうSテレビのロビーにいた。

「絶対合格してやる！」

もう何度も口に出して呟いていた。

バラエティ番組のアシスタントというのだから、たとえ合格してもそう大きな「仕事」ではない。けれども、ともかく芸能界への第一歩になる。

ケータイが鳴った。山中からだ。

「もしもし？」

「今日は三時だぞ。間違いなく行けよ。大臣がわざわざ声をかけて下さったんだ」

「誰に向って言ってるの？　私、もうSテレビに来てるわ」

山中はちょっと呆れたように、

「まだ一時間あるぞ！　――まあ、しっかりやれよ。さっき連絡があって、河並ってプロデューサーが会ってくれる」

「河並ね」

ルミはメモすると、「受付の人に訊けばいい？　――じゃ、確かに」

ルミはドキドキして来た。いよいよ、自分の魅力を見せる時が来たのだ！

ルミはケータイの時刻表示を見た。まだ五分しかたってない！

三時は限りなく遠いようだった……。


ルミがロビーで待っていたころ、一つ上のフロアのティールームに、結木寿子が入って行った。

短いトークの収録を終えて来たところである。

「あ、河並さん」

奥のテーブルで手を振っているのは、局のプロデューサー、河並だった。真田も一緒だ。

「――お疲れさん」

と、河並は言った。「昼、食べてないんだろ？　サンドイッチくらいならあるよ？」

「じゃあ、いただきます」

と、寿子は座って、「真田さん、今日はこの後、何かあった？」

「いや。入れようと思えば取材が――」

「入れないで」

と、寿子は即座に言った。「ボイストレーニングの先生の所に行きたいの」

「分った」

「熱心だね」

と、河並は肯いて、「君を初めて見たのがつい昨日みたいだ」

そう。――真田に連れられて来たとき、いきなりのオーディションに、河並も座っていた。

「河並さん、何かお話が？」

と、真田が訊く。

「ああ、今話そうと思ってた。ちょうど寿子君も来たから」

河並はコーヒーを飲んで、「次の新編成で、ドラマ枠が一つ増える。その主役を寿子君に任せたいと思ってるんだ」

真田は、思わず笑顔になって、

「そりゃ、凄い！　ぜひお願いします」

と言った。

しかし、寿子は冷静で、

「主役ですか？　私、とてもまだつとまらないと思いますけど」

「おい……。大丈夫、できるよ」

「でも――」

「もちろん、寿子君一人が出るわけじゃないからね」

と、河並は言った。「周りはベテランで固める。いいだろう？」

寿子だって、こんな話が来たら断れないことは分っている。ただ、力不足のまま主役をやって、みっともない結果になるのが怖いのだ。

「よろしくお願いします」

と、頭を下げて、「どんな役なんでしょうか？」

「今、企画を練ってるんだ。二、三日中にははっきりする」

河並はそう言って、「寿子君のように、思っていた以上に伸びてくれると嬉しいよ」

「周りの方のおかげです」

「いや、ただの新人じゃないとは思っていたがね」

河並は調子がいい。「今日も、これから、新人に一人会うんだが、どんなもんかね」

「女の子ですか？」

「そうなんだ」

河並はちょっと気が重そうで、「実は、さる偉い人から頼まれてね。どうも、その子と大臣はいい仲らしいんだね」

そう言ってから、

「おっと！　つい口が滑っちまった。これ、内緒にしてくれよ」

寿子はそれを聞いて、

「あの——もしかして大臣っておっしゃったのは……」

真田が素早く割って入った。

「まあ、そんなことはどうでもいいよ。河並さん、ぜひ——」

しかし、寿子は構わず、

「その新人って、上田ルミって子じゃありませんか」

と言った。

河並はびっくりした様子で、

「そういう名だったな。君、知ってるの？」

「はい。幼なじみです」

「そうか。偶然だね」

ルミが言っていた「オーディション」とはこのことだったのか。寿子は、

「ルミのこと、よろしくお願いします」

と、身をのり出した。「芸能界に入ること、ずっと夢に見てた子なんです。小さな仕事でも、ぜひ使ってあげて下さい。必死でやります。ルミなら」

「そうか。――分った。まあ、会ってみないと分らないが、君がそこまで言うのなら、一度使ってみよう」

「お願いします！」

寿子は深々と頭を下げた。

河並が行ってしまうと、真田は渋い顔で、

「ねえ、今の話だけど――」

「言わないで」

と、寿子は遮った。「言いたいことは分ってる。でも、ルミは私の友達なの」

「君の気持は分るけど――」

「分るなら、それ以上言わないで」

寿子はそう言って、「サンドイッチ食べたら、ボイストレーニングに行くわ。真田さん、もう大丈夫よ、今日は」

真田も、諦めたように、

「じゃあ……何かあったら、いつでも連絡してくれ」

「ええ」

「ここは払っていくから」

「よろしく」

寿子は一人になって、少しホッとした。

もちろん真田が自分のために懸命に働いてくれていることは分っているし、ありがたいと思うが、いつも一緒にいられると疲れるのも確かだ。

マネージャーといっても、真田は男だし、寿子は女だ。女として、真田に見られたくないこと、知られたくないこともある。

ルミとの友情にも、踏み込んでほしくなかったのだ。むろん、今のルミが寿子のことを友達と思っているかどうか分らないが。

でも、それでもいい。たとえルミが寿子のことを恨んでいるとしても、寿子はルミを友達だと思っている。そう思うことは、寿子にとって大切なことなのだ。

「ルミ……」

と、寿子は呟いた。「頑張ってね」

「上田さつきさんの病室はどこですか?」

と訊く声に、結木文代は足を止めた。

「こちらでは……」

「知人です。古い友人で――」

と言っている男を、斜め後ろから見て、

「川崎先生？」

と、文代は言った。

振り向いて、川崎はびっくりした様子で、

「あんたは……」

「結木です。寿子の母の」

「ああ、そうだった！」

川崎は肯いたが、「そうか、あんたは看護師だったな」

「どうしてここへ？」

「いや、学校の用事で上京したんですよ。今、この病院に？」

「ええ。上田さんにご用？」

「まあ、用と言うほどのことでもないが……。入院されてると聞いてね」

「入院されています。確かに」

と、文代は言った。「でも、お会いになれるかは、担当の先生に伺ってみないと」

「そうでしょうな」

「それに――本人にもお訊きしてからに」

「ああ……。それはそうですな。しかし、私としては、ただ上田さんのことが心配で……」

「胃を悪くしておられますが、特に重い病気というわけではありません」

「そうですか。それは良かった」

川崎は一人言のように言って、「そうだ。寿子君は大活躍ですね」

「恐れ入ります」

「いや、かつての教え子が、TVに出ていたりすると、ふしぎな気がしますね」

川崎は、ちょっとわざとらしく笑って、「今日は失礼しましょう。上田さつきさんによろしく」

「お伝えします」

と、文代は少し冷ややかに言った。

「では、どうも……」

川崎が会釈して玄関から出て行った。

文代は、用事を後回しにして、上田さつきの病室へと向った。

廊下で、ケータイが鳴った。

「――もしもし。――どなた?」

と、文代が訊くと、少し間があって、

「あんたの患者さ」

文代は息を呑んだ。

「あなた……南山さんですね」

「その通り」

「何のご用ですか。もう薬は出しませんよ」

「分ってるとも」

と、南山は言った。「いい薬をもらった。ひと言礼が言いたかったんだ」

「そうですか」

「では、また」

南山はそう言って切った。

文代は、南山が切った後も、しばらく手の中のケータイを見つめていた。

電話を通しても、どこかゾッとするような空気が伝わってくる。南山はそういう男だった……。

――上田さつきの病室は、薄暗くなっていた。

「上田さん」

と、中へ入って、文代は声をかけた。「起きてる？」

「文代さん？」

「ええ……」

「ずっとお世話になって悪いわね」

と、さつきは言った。

「いいのよ」

文代はベッドのそばに行くと、さつきの手を取った。ごく自然に脈をみている。

「――大丈夫ね」

「ルミからメールが来て」

「あら、何ですって?」

「今日、TV局のオーディションがあるんですって。張り切ってるわ」

「それは楽しみね」

「あの子は……ずっと憧れてたから」

と、さつきはぼんやりと天井を見上げて、

「いつか、きっとスターになってみせる、って」

「きっとなれるわよ」

と、文代は言って、「ね、さつきさん」

「え?」

「今、川崎先生に会ったわ」

さつきはすぐには分らなかったようで、

「——まあ。あの川崎先生？」

「ええ」

ちょっと当惑《とうわく》したような沈黙があった。

そして、さつきは、

「どうしてここに？」

と言った。

「さつきさん、連絡取った？」

「川崎先生に？　いいえ！」

と、強い口調で否定する。

「でも、あなたに会いに来たのよ」

「本当に？」

「あなたの名前で、病室がどこか訊いてたわ」

「まあ……」

「もちろん、ちゃんと言っておくから」

と、文代は安心させるように、さつきの手を軽く握った。

「ありがとう、文代さん」

さつきはため息をついて、「ちょっとした心の迷いが、いつまでも尾を引くのね……」

と言った。

「もうすんだことよ。忘れましょう」

「ええ……」

夫が失踪《しっそう》して、上田さつきはすぐに生活に困った。

そんなとき、

「力になろう」

と言って近付いて来たのが、川崎だったのである。

もともと、女性絡みで、とかくの噂のあった川崎のことを、さつきも知ってはいたのだが、

「まさか私に……」

という思いもあって、川崎に助けてもらった。

そして、川崎はその「お礼」として、当り前のようにさつきを抱こうとしたのだった。

びっくりして拒《こば》んでいたさつきだったが、川崎はさつきが父母会のお金に手をつけていることを知っていて、強引に迫って来た。さつきは拒み通せなかった……。

「でも、呆れるわね」

と、文代は言った。「どういうつもりで会いに来たのかしら」

「ルミが知ったら、きっとカンカンになって怒るわ」

と、さつきは言った。

川崎がルミのせいで失職したと思っていることを、さつきは聞いていなかったのである。

　あのとき、川崎は、一旦さつきを思い通りにしてしまうと、すぐに飽きてしまった。そして、今度は父母会のお金の件を口実に、学校から上田母娘《おやこ》を追い出してしまったのである。

「そういえば、ルミちゃん、東京で川崎先生に会ったのよね」

と、文代は言った。

「あ、そう言ってたわ。でも、何も話さなかったと……」

さつきは不安げに、「まさか、ルミにつきまとってるんじゃ……」

「待って」

文代はちょっと考えてから、「後でまた来るわ」

と、急いで病室を出た。

平日なのに、なぜ川崎が上京して来ているのか、疑問に思ったのだ。

ナースステーションに戻ると、文代は川崎の勤める学校へ電話を入れた……。

「いいだろう」

と、プロデューサーの河並は肯いて、「じゃ、MCのアシスタントで、あまりやることはないかもしれないが、とりあえずやってみてもらおう」

「ありがとうございます」

ルミは、ちょっと拍子抜けの気分だった。

オーディションというから、他にも何人か受けに来ていると思っていたのだが、実際にはルミ一人が面接の相手だったのだ。

むろん、ルミだって分っている。それは自分の実力ではない。大臣の垣山の力なのだ。

でも、きっかけは何でもいい。後は頑張って、生き残ってみせる。

「ただ、ルミ君、事務所に入ってないんだね」

と、河並は言った。

「はい、まだ……」

「どこかに所属してないと、何かと不便だよ。——うちの局の子会社があるが、そこで良ければ」

「はい、もちろん――」

と言いかけて、「すみません、ちょっと相談したい人がいるので」

「ああ、構わないよ。結木寿子君の〈Kプロ〉がいいかな？ 友達なんだって？」

ルミはちょっと詰ったが、

「――はい、そうです。でも、同じプロでない方が……」

「それは君が決めてくれ。――明日、番組の打合せがあるから、来てくれ」

「何時ですか？」

「午前十時だ。部屋は受付で僕の名を出して訊いてくれ」

「分りました」

ルミはTV局の玄関ロビーへ出ると、山中へ電話して、オーディションに受かったことを伝えた。

「良かったな。頑張れよ」

「ありがとう。それで、事務所に所属してくれって言われたけど……」

垣山に相談してから決めようと思ったのだ。

「分った。大臣に伺ってみる。今夜連絡するよ」

「よろしく」

ルミは、TV局のロビーを見渡して、「ここに毎日通うようになってみせる」

と、自分に向って言い聞かせた。

ＴＶ局を出たルミは、足取りも軽く歩き出した。

17　ラファエロ

「困ったもんだわね」

と、真弓が言った。

「味がおかしいか？」

淳一がスープを飲む手を止めて言った。「俺は旨いと思うぜ」

「そんなこと言ってるんじゃないわよ」

と、真弓はちょっと淳一をにらんで、「もちろん、南山のことよ。顔も分ってるのに、捕まえられないなんて！」

困っている、と言いながら、当の真弓は淳一と二人、高級フレンチの評判の店で夕食をとっていたのである。

「それならラファエロを探すことだ」

と、淳一は言った。

「そんなこと分ってるけど……。ラファエロさんを呼んでも、手を上げて『ここにいます』って答えてくれるわけじゃないでしょ」

「そりゃあそうだ」

と、淳一は笑って、「しかし、盗まれたってことは、それが市場へ出るってことだ」

「売りに出される？」

「それとも、もともと買手がいるか、だな」

真弓はスープを飲み終えてナプキンで口を軽く叩くと、

「あなた」

「何だ？」

「何か知ってるわね」

「俺はただの素人だぜ」

「とぼけないで！　白状なさい」

「おい、刑事がそんな風に一般人を脅していいのか？」

「どこが一般人よ」

「あの〈F美術館〉へ、わざわざラファエロを見に行った奴がいる」

「ええ。例の垣山大臣でしょ？」

「垣山が今狙ってるのが何なのか、分るか？」

「どういうこと？」

「垣山はN国のダム建設を巡って、他の国と競ってるんだ」

「へえ」

「それぐらい調べとけよ。うまく受注すれば、垣山と縁の深い企業から、何十億って金が入るだろう」

「それとラファエロと、何の関係があるの？」

メインのステーキが来て、しばし二人は食べる方に専念したが——。

「一つ教えてやろう」

と、淳一が手を休めて言った。「N国の大統領が熱中してるコレクションがある」

「コレクション？」

「そう。その大統領はな、ラファエロに目がないんだ」

真弓は目を丸くして、

「じゃ、ラファエロを売る相手は——」

「売らないかもしれないな。プレゼントするって手もある」

「タダで、ってこと？」

「もちろんさ。タダでやっても、ダム建設で何十億も入りゃ安いもんだ」

と、淳一は言った。「ただし、あのラファエロは盗まれたんだ。つまり、もともとタダだってことさ」

「そうね……」

「金を払うとすりゃ、盗んだ南山に、ってことになる」

「でも、そう巨額じゃないわよね。買うより安いってことね」

「そういうことだ」

淳一は食事を続けた。

「でも――頭に来るわ！」

と、真弓は口を尖らして、「ステーキなんか食べてる気分じゃないわ！」

「しかし、俺よりお前の方がステーキの残りが小さくなってるぜ」

「あら？　ふしぎね。もともと小さかったんじゃない？」

「確か同じだったと思うぜ。――まあいい。問題は垣山がN国の大統領へラファエロをプレゼントするとして、いつ、どこで渡すかってことだ」

「そんなこと、人目につくところじゃやらないでしょ」

「いや、垣山みたいな男なら、そうでもないだろう。ラファエロを差し上げる、ってことを、しっかり相手に分らせるはずだ。恩を売らないと、ダム建設でメリットがなくても文句が言えない」

「じゃあ……いつ、どこで？」

「俺に訊かないで、調べてみろよ」

「何よ、ケチね！　私を愛してないの？」

いきなり「個人的な事情」に話が変るのは真弓の得意技である。

「それとこれとは……」

淳一も、妻に逆らうのは空《むな》しいとよく分っている。ステーキを食べ終ると、

「N国の大統領は、来週日本へやって来る」

と言った。「いつ、どこへ来るかは、そっちで分るだろ」

「調べるわ」

と、真弓は肯いた。「でも、ラファエロをいつ渡すかは分らないわね」

「当然、大統領の歓迎パーティが開かれるだろう。もちろん今の首相以下、大臣たちが出席する」

「まさか、そのパーティで？」

「むろん、『盗んだラファエロをプレゼントします』とは言わない。だが、おそらくその席で大統領の手に渡るだろう。一旦大統領のものになれば、捜査はできない」

「その歓迎パーティはいつ？」

「そこまで知るか」

「意地悪ね！　いいわ、こっちで――道田君が調べるわ」

人にやらせるところが真弓である。

「自分で調べちゃどうだ?」

いささか道田に同情した淳一が言った。

「私はやることがあって忙しいの」

「忙しい?　しかし――」

「情報提供者に、それなりのお礼をしないと。――でしょ?」

「俺のことか?」

「もちろんよ。今夜、ゆっくりお礼を言ってあげるわ」

真弓がちょっと微笑んでウィンクした。


「スケジュール変更ですか?」

真田は社長の角田に言われて、食事の手を止めた。

「ああ、今度の日曜日だ。夜はパーティに出る」

〈Kプロ〉の社長、角田と、真田、そして結木寿子の三人は一緒に食事をとっていた。

「日曜日って、何かイベントがあったんじゃないですか?」

と、寿子は言った。

「ああ。しかし、予定変更だ」

珍しいことではない。寿子は、

「分りました」

と言った。「何のパーティですか?」

「それはまだ公表されていない」

と、角田は言った。「土曜日にN国の大統領が来日する。日曜日に大統領の歓迎パーティがあるんだ。それに出席して、大統領に花束を渡す」

「私がですか? ――N国の大統領って、誰でしたっけ?」

「俺も知らん」

と、角田は首を振って、「どうでもいい。ともかくパーティに出て、花束を渡せばいいんだ」

「でも、それじゃ失礼でしょう。自分で調べておきます」

「うん、任せる」

角田は大して関心のない様子で、「おい、真田」

「はあ」

「前日にドラマの収録があるだろ」

「はい、夜までです」

「延びて、次の日のパーティに支障が出るといかん。よく確認しとけよ。そのパーティには、絶対遅刻などできんからな」

「分りました」

「何しろ、大統領の歓迎のために、首相以下、主な大臣がズラッと出席するんだ」

「そんなに大物なんですか」

「N国のダム建設で、他の国と今、日本は争っている。ここで大統領を喜ばせんとな」

「でも——花束を差し上げるだけですよね」

と、寿子は言った。

「もちろんだ! ただ、何か話しかけられたら、ちゃんと答えるんだぞ」

「私、日本語しか分りませんけど……」

「もちろん通訳がいる」

「それならいいですが……」

と、寿子は少しホッとして言った。

そして、ふと思った。——主な大臣が出席するという。

あの、ルミと噂されている垣山大臣も出席するんだろうか。

「ごちそうさま」

寿子はナイフとフォークを置いて、ケータイに来たメールを見た。

〈寿子、オーディション、受かったよ! ルミ〉

寿子はちょっと微笑んで、
〈おめでとう。頑張って！〉
と、返信したのだった。

いつもと違う。

上田ルミは敏感にそう感じ取っていた。

オーディションに合格させてもらったことへのお礼——まあ、その意味合いもあってのこの数時間だったが。

「楽しかったよ」

と、垣山はシャワーを浴びてバスローブをはおって出て来ると言った。

「私も」

ルミはまだベッドにいた。「急ぐの？」

「ああ。これから車で大阪まで行く」

「こんな時間に？」

夜、九時を回っていた。「大変ね。大臣って」

「まあ、そうだな」

と、垣山は笑って、「それだけの見返りもあるからな」

「私も一緒に出るわ」

と、ルミはベッドから出ようとした。

「いや、ゆっくりして行け。何なら泊ってもいいぞ。どうせこのホテルに一泊分は払うんだ」

「でも……」

垣山は服を着る前に秘書の山中へ電話をした。そして、

「ルミ」

「うん?」

「ちょっと話があるんだ」

ルミは、言われる前に、

「これで最後ってこと?」

と言った。

垣山はちょっとびっくりしたように、

「知ってたのか」

「これでも女よ」

と、ルミは言った。「何となく分ってた。それに、TV局に話をしてくれたことでもね」

「あれはあれだ」

と、垣山は言った。「いや、お前に飽きたとか、そんなことじゃないんだ。ルミのおかげで、ずいぶん若さをもらった気がする。本当だ」

「その分、私、老けたかな」

と、ルミは冗談めかして言った。

「ただ、これから急に忙しくなりそうなんだ。今までより海外へ行くことも増える。そうなると、パーティなどに、女房を連れてかなきゃならん。向うはそれが当り前だからな」

「うん、分るよ」

「時間を作るのも難しいと思う。ちょうど、ルミもTVの仕事ができたし、これがいい機会だと思ってな」

「分った」

ルミは肯いた。——垣山の口調には、こじつけたようなところがなかった。

たぶん、本当のことを話してくれてる。

「だが、経済的には、ちゃんと支えるからな。そこは安心しろ」

「でも、悪いよ。何もしないのに」

「なあに、今までのところでも充分だ」

と、垣山は言った。「何か困ったことがあったら、山中に連絡しろ。何か手を打つようにするから」

「ありがとう」

ルミは垣山にキスして、「じゃあ……もう少し、のんびりしてから出るわ」

「ああ、そうしろ。車が下で待ってるから、行くよ」

垣山は上着を着た。

そして、部屋を出ようとしたが、

「――ルミ、日曜日に大きなパーティがあるんだ」

と、振り向いて言った。「どうだ。ドレスでも一着作って出席するか」

「何のパーティ？」

「N国の大統領の歓迎パーティだ。俺がちょっと目立つはずだ。見に来るか？」

「うん！　でも、いいの？　奥さんは？」

「来るかもしれんが、パーティの中なら、誰が誰やら分らんさ。山中に言っとく。明日でも、ドレスを見に行け」

「ありがとう！　合わせて、バッグとか靴も買っていい？」

「もちろんだ。ドレスにスニーカーってわけにゃいかんだろ」

ルミには、垣山の気持が分った。

別れ話を聞いて、ルミがすねるだろうと思っていたのだ。ルミがすんなり納得したので、その分、最後に喜ばせてやろうと思ったのだろう。

ルミは、遠慮しないことにした。

「じゃあね」

部屋を出て行く垣山に、ルミはベッドから手を振った。

レンタカーを停めると、南山はちょっと周囲の様子をうかがってから、車を出た。

胃薬を服《の》むのを忘れなかった。

深夜の倉庫街である。人気は全くない。

南山はちょっと苛々と眉をひそめた。時間に遅れるのは嫌いだ。

足音がした。

「――すまん」

と、暗がりの中で声がした。

「三分遅れてるぜ」

「分ってる。一本向うに車を停めたんだ。ラファエロを持ってついて来てくれ」

「いいだろう」

南山は後部席に置いてある絵を取り出して、

「お前が持て。俺は盗んだ。運ぶのはそっちの仕事だ」

「分ったよ」

と、絵を抱えて、「こっちだ」

——倉庫の間を抜けて行く。

大きな外車のそばに、アタッシェケースをさげた男が立っていた。

「失礼した」

と、男は言った。「ドライバーが、一本道を間違えてね」

「金額さえ間違えなきゃいい」

と、南山は言った。「品物を確かめてくれ」

「分った。そっちも」

絵のカバーが外され、ライトが当てられる。南山も、アタッシェケースの中をあらためた。

「——無事終ったな」

「ああ。これで失礼するよ」

と、南山は言って、足早に自分の車へと戻った。

数分走らせてから車を停め、もう一度、アタッシェケースを開けて、中に発信装置などがないか、確認した。

「——まあ、いいか」

と、南山は呟くと、エンジンをかけようとして、ふと手を止めた。

——何かがおかしい。南山は眉を寄せて考えた。

どこが？　どうおかしいのだ？

必死になって考えたが、思い付かない。

「考え過ぎか」

と、首を振って、ハンドルに手を置いた。

その瞬間、分った。

ハンドルだ。さっき車を降りたときと、戻って乗り込んだときと、ハンドルの角度が違っていた。

南山はいつもハンドルが左右対称になるようにして降りる。何となく気がすまないのである。しかし、さっきは、ハンドルが少し回った状態だった。

「畜生！」

南山はドアを開けた。

車が爆発した。たちまち炎に包まれ、数秒後には、元の形を全くとどめないまでに、バラバラになっていた。

病室をそっと覗くと、上田さつきは静かな寝息をたてていた。

結木文代はホッとして、静かにドアを閉めた。——あの分なら、ずいぶん回復しているだろう。

深夜、病院の廊下を歩いていくと、何だか別世界へ足を踏み入れるような気がしてくる。しかし、夜勤はもちろん大変だが、文代は決して嫌いではなかった。

夜の間、病気と闘っているのは医師や看護師だけではない。患者もまた闘っている。

痛みや熱に耐え、息苦しさや辛い姿勢に耐えているのだ。

患者の苦しさ、辛さを、看護師は想像することしかできないが、それでもできる限り寄り添うことで、元気づけることはできる……。

若い看護師がナースステーションで大欠伸《おおあくび》していて、文代と目が合うとあわてて口に手を当てた。

ちょっと笑って、文代はそのまま通り過ぎる。——若い内はあんなものだ。

他に気になる患者を二、三見て回ってから、文代は廊下を戻って行った。

そのとき、

「おい……」

と、声がしたようで、足を止めた。

振り向いたが、誰もいない。——空耳？

ちょっと首をかしげて、そのまま行こうとすると――。

「こっちだ」

今度は誰の声か分っていた。

振り向いた文代は、

「約束したじゃありませんか！」

と言った。「もうこれきりですよ、って」

「分ってる」

南山の声がおかしい。そのことに、文代は初めて気付いた。

「すまない。――ただ、こうするしかなかったんだ」

南山は廊下の暗がりに立っている。

「どうしたんですか？」

と、文代は用心しながら近付いた。「また胃が痛んでるんですか？」

「胃だけじゃすまないんだ」

文代はポケットからペンシルライトを取り出して、点灯した。そして息を呑んだ。

「まあ……。血が……」

南山はひどい状態だった。服は焼けこげ、あちこち破れて、そこから出血している。

特に脇腹からはひどく出血しているようだった。

「どうしたんですか」

と、文代は訊いた。

「爆弾でな……。殺されそうになった」

「それで火傷《やけど》を？　脇腹の傷は？」

「車の破片が飛んで来て、スパッと切られた……。すまないが、出血だけ止めてくれないか」

「それだけじゃ、とてももちませんよ！」

と、文代は言った。「すぐ手術しないと。火傷がどの程度か、ちゃんと見ないと、治療できません」

「治療？　俺のことを治療するっていうのか？」

「けが人ですからね。あなたが誰で、どういう人かは関係ありません」

文代は、出血しているのと反対側から、南山を支えるようにして、「そっと歩けますか？　今、人を呼びます」

「呼ぶな」

「でも――」

「あんたが手当してくれ」

「私は看護師です。医師じゃありません」

「それでも、だ」

南山は拳銃を手にしていた。「ともかく出血だけ止めてくれ。そうしたら出て行く」

「出て行くって……。そんな状態じゃ、命にかかわりますよ」

「分ってる。しかし……今、捕まるわけにいかないんだ。その前にやることがある……」

「ともかく、こんな所にいたって、何もできません。さ、歩いて」

一歩足を踏み出すと、南山は苦痛に呻いた。

「ここにいて下さい。車椅子を取って来ます」

と、文代が行きかけると、

「撃つぞ！」

と、南山は言った。

「どうぞ」

と、文代は言い返した。「銃声を聞いて、人が駆けつけて来ますよ。それでも良ければ」

南山は苦しげに壁にもたれると、

「お前は……度胸がいいのか、ただの馬鹿なのか分らねえ……」

と、苦笑した。

「待ってて下さい」

と、急ぎ足で行きかけると、ドサッと音がして、振り返ると、南山が床に倒れていた。

18　式次第

「ルミ！　ルミじゃないの！」

と、寿子は思わず声を上げていた。

「寿子！」

ルミは華やかなピンクのドレスを着て、手を振った。

「すてきね！　今日のパーティに？」

と、ルミに訊いた。

寿子は白いスーツを着ていた。

「うん。寿子も？」

「私、大統領に花束渡すの。ルミは？」

「何だかよく分んないけど、何かプレゼントすることになってるらしいわ」

と、ルミは言った。「大臣からね」

「垣山さん？」

「うん。これであの人との間は終り」

と、ルミは肯いて言った。

「——そうなんだ」

と、寿子は言った。「それでいいの?」

「うん。どうせ長く続くわけないじゃない? ちゃんとTVの仕事も回してくれたし、ありがたいわ」

寿子は微笑んで、

「ルミ、大人になったね」

と言った。

「いやでもなるよ。父親いなくなって、母親病気で」

「お母さん、大分良くなったって聞いたけど」

「うん。寿子のお母さんが色々気をつかってくれてね」

——ホテルのロビーである。

「ちょっと! そこに立たないで!」

と、SPらしい男が寿子とルミの方へやって来て、手で追い払うようにした。

「あのね……」

寿子とルミはバッグから、大統領歓迎パーティ出席者のパスを取り出して見せた。

ＳＰはギョッとして、

「失礼しました！」

と、一礼して行ってしまう。

「感じ悪い」

と、ルミは顔をしかめて、「ああもガラッと態度変るかね」

「いちいち腹立ててたら大変よ」

と、寿子は笑って、「時間あるよ。お茶でもどう？」

パーティの開始まで、二時間近くあった。ロビーにはＳＰだけでなく、制服警官も次々に入って来る。

「会場、地階だっけ」

「そう。地下一階よ」

ロビーの奥がティーラウンジである。

「パス見せれば、全部タダだってね」

と、ルミは言った。「寿子、入ってて。私、トイレに寄ってく」

「分った」

寿子はラウンジの入口で、案内されるのを待ちながら、ロビーを見渡した。

凄く厳重な警備だ。――来日した大統領というのは、現地では独裁者として知られていて、自分に反対する者を次々に投獄していると聞いていた。

正直、仕事とはいえ、そんな大統領に花束を渡すのは気が進まなかったが、仕方ない。ほんの一瞬のことだ……。

「お一人ですか?」

ホテルの人がやって来て訊いた。

「二人です」

「かしこまりました。こちらへ」

と、案内される。

そのとき——。

「え?」

ロビーをチラッとかすめるように通って行った男がいた。

「——どうぞ、こちらへ」

「はい……」

今の男の人……。

寿子はちょっと首をかしげた。——でも、こんな所にいるわけないよね、川崎先生が。

奥の席について、じきルミもやって来た。

「ケーキ、食べよう！」

と、ルミは張り切っている。

「私も」

寿子が今日気楽なのは、マネージャーの真田が来ていないからだった。パーティには、社長の角田と寿子しか入れない。

もし真田がついて来ていたら、こんな風にルミと二人でケーキなんか食べていられないだろう。

「ルミ、TVの仕事、どうなの？」

「うん。気に入ってもらえた。他のバラエティにも出られそう」

「良かったね」

「その内、寿子とドラマで共演したいな」

「いいね！　でも、ルミの方が目立ちそう」

「あ、凄いいやみだ、それ」

「違うよ！」

二人は笑った。——まるで学生のころに戻ったようだ、と寿子は思った。

「ね、ちょっと！」

と、真弓は蝶ネクタイの男に声をかけた。

「飲物はどこで出すの?」

「ホテルの奴に訊け」

「あなた!」

真弓は淳一を眺めて、「いつからホテルでバイトしてるの?」

「おい、これはパーティ用のタキシードだぞ」

と、淳一は苦笑した。

「でも、ボーイさんに見えたわ」

「亭主に向って、それはないだろ」

むろん、淳一は手を回してパーティ用のパスを手に入れていた。

真弓は、パーティ警備のため、というので、派手な赤いドレスを着ていた。

「いざってときに動けるのか?」

「大丈夫。靴はスニーカーよ」

「ニューファッションだな」

地下一階、パーティ会場の外のロビーである。——警察犬が、ロビーの隅々までかぎ回っていた。

「それで?」

と、真弓は言った。

「何だ？」

「とぼけないで！　問題のラファエロじゃないの。どこにあるの？」

「俺は持ってないぜ。あんなでかい物。ポケットにゃ入らない」

「でも、この会場に持ち込まれるんでしょう？」

「おそらくな」

「でも、どうやって？」

「まあ、焦るな」

と、淳一は言った。「道田君は？」

「ウェイターに変装して、その辺にいると思うわ」

可哀そうに……。

淳一は、ちょっと道田に同情していた。

「それはそうと、爆発した車のことだけど」

と、真弓が言った。「相当の現金が燃えたようよ」

「誰が乗ってたか、分ったのか」

「見付かってない。でも、現場に血が落ちてた。けがしてるわ」

「南山だろうな。盗んで、消されそうになったんだ」

「どこへ逃げたのかしら」

「病院は?」

「その近くの病院は全部当ったわ」

「そうか……」

南山のことだ。致命傷でなければ、必ず仕返ししようとするだろう……。

「真弓さん!」

見れば、道田がグラスをのせた盆を手に立っている。「一杯、いかがですか?」

「まだ早いでしょ」

「盆を持つ練習です」

「そう。いい心がけね」

と、真弓は肯いて、「シャンパンをちょうだい」


「あ、ちょっと」

と、足早に近寄って来たダークスーツの男は、「何の用ですか?」

と訊いた。

川崎は足を止めて、

「いや、ちょっと……」

と、口ごもった。

「用がなければ、このフロアに立ち入らないで下さい。今日はＶＩＰがみえるので」

ＳＰだ。川崎はムッとしながらも、

「それはどうも。何も知らなくて」

と、無理に笑顔を作った。

「よろしく」

ＳＰは離れて行ったが、ちゃんと川崎の方を見ている。

仕方なく、川崎は下りて来たエスカレーターから、そのままＵターンして、上のロビーフロアへと戻って行った。

ロビーフロアから一階上に化粧室がある。ともかく一旦そこへ行くことにした。

エスカレーターで上っていると、ロビーに明るい女の子の笑い声が響いた。思わず見ると、間違いなく上田ルミだ。

もう一人は――そうか、結木寿子だ。

すっかり見違えるようにきれいになっている。――川崎は二人がくだりのエスカレーターで下のフロアへ下りて行くのを見ていた。

あの二人、ＶＩＰのパーティに出るらしい。

川崎は、何とかしてパーティに潜り込みたかった。しかし、あの警戒では、近付けそうもない。

「諦めるもんか」

と、川崎は呟いた。

会場へ入らなくてもいい。

用がすめば、きっと先に会場から出て来るだろう。当然ルミは一人じゃない。おそらく誰かが帰りは送って行くはずだ。

そうだ。待っていれば、必ずあいつは現われる。

川崎は、ネットを調べて、ルミがフェイスブックをやっているのを見付けた。そこに今日のパーティのことが書かれていたのである。

具体的なことは詳しく書かれていなかったが、方々のホテルへ電話したり、TV局などに取材のふりをして問い合わせたり……。

やっとこのホテルを突き止めたのだ。

N国大統領の歓迎パーティ。——ルミの奴も偉くなったもんだ。

「後悔させてやる……」

川崎は、何もかも失って、今はルミに仕返しすることしか考えていなかった。

見当違いで、しかもルミを傷つけたりすれば自分が捕まるのに、何も見えなくなっていたのである。

川崎は、化粧室に入ると、冷たい水で思い切り顔を洗った。

「結木さん」

と、若い看護師が言った。

「どうしたの？」

すれ違いかけていた結木文代は、振り返った。

「あの――〈305〉の患者さんですが」

「ああ、あの人。何か言ってた？」

「カルテが見当らないんです。どうしますか？」

「あら、変ね。私、事務の人に頼んどいたんだけど」

と、文代は首をかしげて、「大丈夫。言っとくわ」

「はい」

「私、今日はもう上るから」

「お疲れさまです」

――文代は着替えると、〈305〉へと向った。

「あんたはどうかしてる……」

と、自分に向って呟く。「本当よ。どうかしてるわ……」

〈305〉のドアを開けると、ベッドは空だった。出て行ったのだろうか？

背後でドアが閉った。ハッとして振り返ると、ドアのかげに隠れていた南山が立っていた。

「まだ起きちゃだめよ」

と、文代は言った。「傷口から出血するわよ、また」

「心配は不要だ」

南山はコートをはおっていた。

「そのコートは？」

「近くの病室からもらって来た」

「どうするの？」

「あんたにゃ、本当に世話になった」

と、南山は言った。「すまないと思ってるよ」

「私はただ患者を世話しただけよ」

「最後に、もう一つだけ頼みがある」

「何？」

「俺をこれからホテルKへ連れてってくれ」

「無理よ。そんな体で」

「いいんだ。なあ、これが本当に最後だ。そして、あんたのことは決して口にしない」

「連れてくったって……」

「タクシーでいいだろう。ホテルKの近くで降ろしてくれ」

文代は、しばらく南山を見ていた。

そう。――とんでもない話だ。こいつは警察へ突き出さなくては。

分っている。分っていたが……。

「ついて来て」

と、文代は言った。

「すまんな」

歩き出して、南山は小さく呻いた。

「――痛む？」

「大丈夫だ。行こうぜ」

と、南山は促した。

「こっちから出ると、人に見られずにタクシー乗場へ出られるわ」

と、文代は先に立って歩いて行く。「何の用があるか知らないけど、済ませたら、ちゃんと病院に行くのよ。捕まるかもしれないけど」

「ここ以外の病院にゃかかりたくねえな」

「お得意さまね」

外へ出ると、ひんやりとした空気に包まれた。「雨になりそうね、ホテルKに何の用事？」

「借りを返すのさ」

南山の口調に、文代はハッとして、

「仕返し？　そんなの無理だわ。死ぬわよ」

と言ったが、南山は何も言わなかった。

文代は分った。

この男は死ぬつもりだ。

空車が何台か待っている。——文代と南山は乗り込んで、タクシーはホテルKに向った。

文代のケータイが鳴った。

「——もしもし、お母さん？」

「寿子。仕事なの？」

「うん、これからパーティに出る。でも、花束渡すだけだよ。今日はそれで帰れる。お母さんは？」

「私ももう帰りよ」

「じゃ、うちでご飯食べるね！」

「分ったわ」

「今、ホテルKにいるの。地下鉄なら近いよね」

　ホテルKと聞いて、文代はハッとして南山を見た。

「パーティって、何の？」

「どこかの大統領が来てるの。その人に花束渡す。あんまりいい人じゃないらしいから、気が進まないけど、仕事だから」

「ええ、そうね」

「凄い警備だよ。お巡りさんとかSPとか。間違って入ったりしたら撃ち殺されるかもしれない」

「まさか」

「うん。――そうだ。ルミも一緒なの」

「まあ、上田ルミちゃん？」

「ルミも大統領に何か渡すんだって。今までおしゃべりしてたの」

「そう……」

「ね、お母さん」

「なあに？」

「さっき、ちらっとだけど、見かけた人が。――川崎先生とよく似てたんだよね」

「まあ！　それ、きっと本人よ」

「でも――」

「学校をクビになったんですって。ルミちゃんのママにも会おうとして病室へ来たのよ」

「じゃ、ルミには……」

「言った方がいいわ。それと、あの女の刑事さん、いる？　話しておけば？」

「分った。どこかにいるよ。真っ赤なドレスだからすぐ分る」

「そう」

文代はちょっとためらってから言った。「寿子。お母さんもホテルKに行くわ」

南山が文代を見る。

「お母さんが？　どうして？」

「用事があるの。大切な用が」

「そう……。でも、地階の宴会場フロアには近付かないでね。本当に撃たれかねないから」

「分ったわ」

「ね、私は出入りできるから、ホテルに着いたら電話して。出られるかどうか分らないけど」

「そうするわ」

文代は通話を切った。

「おい……」

と、南山が言った。

「娘の寿子が今、ホテルKにいる。凄い警備だそうよ」

「分ってる」

「あなた――そこに用があるんでしょ」

「たぶんな」

「でも、とても近付けないってよ」

「そのときはそのときさ」

南山はそう言って、「それより、あんたを巻き添えにしたくない。ホテルに着いたら、俺から離れてろ」

「――分ったわ」

と、文代は肯いた。

まだ死ぬわけにはいかない。文代も、南山よりは自分の命のほうが大事だった。

「川崎？」

と真弓が話を聞いて、「ふーん。教師の風上にも置けない奴ね」

「おい、事情を知らないんだろ」

と、一緒に聞いていた淳一が言った。

「でも、学校をクビになったんだから、ろくでもない奴だったのよ」

きめつけるのが得意の真弓である。

「あ、ルミがいた。――ルミ！」

パーティは始まっていたが、まだ大統領は到着しない。

「ああ、どうしたの？」

「あのね――」

川崎のことを話すと、

「川崎先生が？」

ルミの顔がこわばった。

「心当りがあるのね」

と、真弓が言った。

「ええ……」

ルミは、修学旅行で東京へ来た川崎が、同行した女性教師とホテルに入るのを見たこと、ルミがそれを密告したせいで学校をクビになったと川崎が思っていることを説明した。

「学校の先生も人間だから、浮気することはあっても、それでルミ君を恨むというのは筋違いだな」

と、淳一は言った。

「電話で脅されました」

「分ったわ。あなたには、指一本触れさせないから」

と、真弓が請け合った。

「ありがとうございます」

「まあ、このフロアにはまず入ってこられないでしょうけどね」

「出て行くときが危い」

と、淳一は言った。「誰かを付けてガードさせた方がいい」

「そうね。ルミちゃん。ここを出るときは私に言って」

「分りました」

ルミは微笑んで、「心強いです」

「そりゃそうよ。捜査一課の真弓と言えば、泣く子も黙る……」

「言い過ぎだ」

そこへ、垣山大臣の秘書の山中がやって来た。

「ルミ君。そろそろこっちへ来てくれ」

「はい。それじゃ、寿子」

「うん。お互い頑張ろう」

と、寿子は手を振って、「頑張るって言っても、花束渡すだけじゃ……」

「ルミちゃんは何を？」

「何か、大統領にプレゼントを渡すと言ってましたけど」

と、寿子は言って、「でも、お母さん、何しに来るんだろう？」

淳一は、

「お母さんは看護師だったね」

と言った。

「そうです」

「あの南山が現われた病院のね」

と、真弓が言った。

「殺人犯ですね。怖いな」

「でも、消されそうになって、かなりひどいけがをしてるはずよ」

「そうなんですか？」

「ここへ来るような元気はないでしょう」

淳一は何かを考えていたが、

「お母さんはどこに来るって？」

「このフロアへは来られないから、電話があったら、私がロビーへ行くと言ってあります」

「そうか……」

淳一はにぎやかな会場内をザッと見回して、「肝心のメインゲストはいつ着くんだ？」

「前もって知らせて来ないのよ」

と、真弓は不満顔だ。

「狙われるのを用心してるんだろう。何しろ評判の良くない大統領だからな」

「暗殺されるのが怖かったら、大統領になんかならなきゃいいのよ」

と、真弓は言った……。

19　プレゼント

「もうじきホテルKよ」

と、文代は言った。

「ああ、分ってる」

南山の呼吸が荒くなって来ていることに、文代は気付いていた。おそらく、傷口から出血しているのだろう。

「その角で停めてくれ」

と、南山は言った。「俺はそこで降りる」

タクシーが道の端へ寄せて停まる。

「世話になったな」

と、南山はドアが開くと、そう言ってタクシーを降りた。

「大丈夫？」

つい、そう訊いてしまう文代だった。

「ああ。――達者でな」

南山はちょっと手を上げて見せると、歩道へ上って歩き出した。

タクシーはホテルKに向って、再び走り出した。

文代は振り返って、南山を見ていたが
「――停めてください」

と、運転手に言った。「私もここで」

料金を払って降りると、南山のほうへと急いだ。

「――どうしたんだ」

「痛むんでしょ。また出血してるわよ、きっと」

「放っとけよ。あんた、巻き添えを食うぜ」

「自分が手掛けた患者は放っておけないの」

と、文代は言った。

「しかし……」

と言いかけて、南山はちょっと笑った。「分った」

「分った、って何が？」

「あんたは俺に似てるんだ。だから放っておけないのさ」

「やめてよ！　私はあんたなんかに似てないわ」

と、むきになって言い返すと、「ともかく、ゆっくり歩いて。でも、どこからホテルに入るの？」

ホテルなどには当然手配書が回っているだろう。

二人は、南山の歩調に合わせてゆっくりとホテルKの手前まで来た。

「さあ、ここで本当にさよならだ」

と、南山はホテルの明りが届いている少し手前で足を止めた。

「SPね、きっと」

と、文代は、車寄せに立っているダークスーツの男たちを見て言った。

「あんたは堂々と正面から入れ。俺は何とか考える」

「でも――」

「一緒に居るところを監視カメラにでも撮られてみろ。共犯にされるぞ。あんたにゃ、まだ育てなきゃいけない子供が二人もいるんだ」

そう言われると、文代も何とも言い返せない。

「分ったわ。じゃあ……」

死んじゃだめよ、と言いたかったが、今の南山にそう言っても意味がない、と思い直した。

「あんたのことは忘れないよ」

と、南山は言った。「もっとも、そう長く憶えてられないだろうがな」

文代は黙って肯いた。

すると――南山は突然文代を抱きしめて、キスした。

文代は、もうとっくの昔に忘れていた、一瞬のときめきを覚えた。

「だしぬけに――何よ！」

と、離れて言うと、文代はそのままホテルの正面玄関に向って、走るような勢いで歩いて行った……。


ルミは、パーティ会場へ入って来る垣山の姿を見て、ちょっと手を振った。

でも、あんまり目立ってはいけない。

ルミにも、そのことはよく分っていた。

垣山のそばには、和服姿の奥さんが付いて来ていたのだ。しかし、垣山の方もルミにすぐ気付いていた。

夫人が、知り合いの女性たちと楽しげに話を始めると、垣山は客の間を通ってルミの方へやって来た。

「なかなかいいじゃないか」

と、垣山はルミのドレス姿を見て、「似合うよ」

「そう？　ありがとう。バッグも靴も買っちゃった」

と、ルミはニッコリと笑って、「ちょっと高かった？」

「いや、構わんさ」

「でも――いいの、奥さんのそばにいなくて」

「気にするな。こういうパーティはいろんな人間が出入りする」

と、垣山は言った。「今日は一段ときれいだな」

「あ、珍しいこと言ってる」

そこへ、秘書の山中がやって来た。

「大臣、大統領の車が、もうじき玄関に」

「そうか。ルミ、山中のそばにいて、準備していてくれ」

「分ったわ」

――情報は、結木寿子にも伝わっていた。

「この会場から出ないように」

と、担当の男性から言われた。

寿子は、会場の隅へ行って、ケータイで母へかけた。

「――うん、ロビーまで行けないの。大丈夫、お母さん？」

「いいのよ。分ってる」

と、文代が言った。「今、ロビーは大変よ。みんな身動きするな、って言われて」

「――皆様」

司会者の声がパーティ会場に響いた。

「お知らせいたします。ただ今、N国大統領のご到着でございます」

パーティ会場に拍手が溢《あふ》れた。

もっとも、それは大統領を祝するというより、

「やっと来たのか！」

と、ホッとしての拍手に近かった。

入って来た大統領を見て、何だか会場はポカンとした雰囲気になった。

え？　――これ？

軍服に身を包み、重そうなくらいの数の勲章をぶら下げた大統領は、確かに色浅黒く、立派な口ひげを生やして、会場に飾られた大きな写真パネル通りの姿だったのだが……。

しかし、ともかく小さい。背が低いというだけでなく、太っていて、歩くより転がった方が速そうだ。立食パーティなので、大統領の姿は人の中に埋《うも》れて、全く見えなかった。

「どこにいるんだ？」

と、背伸びをする人があちこちにいた。

ともかく、壇上に上って、やっと大統領の姿は人々の目に入った。

「では、大統領よりひと言――」

と、司会者が言うと、会場の係があわてて駆けつけ、スタンドマイクの位置をぐっと下げた。

「――何だかいやだ」

と、寿子は呟いた。

花束を渡すだけだが、それでも気が進まなかった。

大統領が小柄だからではない。その軍服姿に、どこか人を人と思わない態度が感じられたからである。

「あれが独裁者?」

と、真弓が呟いた。「人気あるとは思えないわね」

「だから力で支配するんだ」

と、淳一は言った。「側近が何人も殺されてるって話だ」

「どうして側近の人たちを?」

と、寿子は言った。

「身近な人間は、その人物の欠点を知ってしまう。だからさ」

「ああ……」

寿子も、なぜ自分が大統領に嫌悪感を感じるのか分った。

自分に敬意を払わない人間は敵だ、と思っている。——そういう空気を発散しているのだ。

「ともかく花束渡せばいいんだ」

と、寿子は自分へ言い聞かせるように言った。

「そうよ。仕事、仕事」

と真弓が寿子の肩を叩いた。

初めに歓迎の言葉を述べたのは、今日海外へ行っていて欠席の首相の代りの副首相だった。

「——垣山が面白くなさそうだ」

と、淳一が言った。

寿子も、垣山大臣がムッとした様子でいるのに気付いていた。

「当然自分の方が先だと思ってたんだろう」

と、淳一は言った。

そんな淳一は、真弓の方へ小声で、

「ちょっと仕事だ」

と囁《ささや》くと、姿を消した。

副首相の次に、司会者が、

「では次に垣山渡大臣より――」

と言いかけたが、何か言われたのか言葉を切った。

山中が司会者に何か言っている。

司会者は咳払いして、

「失礼いたしました。では、ここで美しい女性から大統領へ花束を贈呈したいと思います」

と言った。

寿子は面食らった。――私？　そんなに突然に？

「寿子、袖《そで》に行け！」

と、社長の角田に言われて、寿子はあわててステージの傍へと急いだ。

大きな花束を、ホテルの女性が抱えて待っている。寿子はそれを受け取ると、

「もう……いいんですか？」

と、司会者の方へ訊いた。

「花束をお渡しするのは、新進スター、結木寿子さんです！」

と、司会者が声を上げる。

寿子はつまずかないように、足下を見ながら壇上に上った。

大統領が中央に立っていて、そばについている通訳の女性が何か耳打ちしている。寿子のことを話しているのだろう。

寿子は花束を持ち直して、ステージの中央へと進んで行った。

早く花束を渡して引込もう。――しかし、そうはいかなかった。

「では写真をどうぞ！」

と、司会者が言って、一斉にステージ前にカメラマンが集まった。

そして花束を渡しているポーズのまま、しばしカメラのフラッシュにさらされたのである。

まぶしさに目がくらむようだった。

「もっと近付いて！」

「寿子ちゃん、笑って！」

と、声が飛ぶ。

寿子は必死で笑顔を作った。――早く、早く終って。

「立派な花束だと大統領が感心しておられます！」

と、司会者が言った。

大統領は花束をそばにいた部下へ渡した。寿子はホッとした。

これで引込める。――寿子は一礼して、戻ろうとした。

すると――大統領がいきなり寿子の腕をつかんで引寄せると、抱きついてキスしたのである。

寿子は、一瞬凍りついてしまったが、会場にどよめきが起り、カメラのフラッシュが光って、拍手まで聞こえてくると、カッとなった。

「何するんですか！」

と叫ぶように言って、大統領を力をこめて突き放し、平手で大統領の頬を思い切り打った。パシッという音が響いて――会場が静まり返った。

そばにいた大統領の部下が何か叫んで、寿子を突き飛ばした。寿子はステージの上に倒れた。

大統領の部下は、上着の下から拳銃を抜くと、銃口を寿子に向けた。寿子はキッと相手をにらみつけた。

「そっちが悪いのよ！」

怖さより怒りが寿子の中にこみ上げていた。

撃たれる！　――しかし、寿子は目をつぶらなかった。

銃声がした。

会場が水を打ったように静かになる。

大統領の部下が呆然として突っ立っていた。

拳銃はステージの奥まで飛んで行っていた。

「――何て無粋《ぶすい》なことを」

と言ったのは、真弓だった。「実弾込めていて良かったわ」

真弓の手にした小型の拳銃から、うっすらと硝煙が上っていた。

「真弓さん！」

寿子が立ち上る。

「射撃の名手がここにいて良かったわね。さ、司会の人、先に進めて」

真弓は銃口をフッとひと吹きすると、寿子の手を取って、ステージから下ろした。

大統領もポカンとしていたが、やがて部下をにらんで、ひと言怒鳴った。部下が青くなって、あわててステージから下りて行った。

「あの……」

司会者が声を震わせて、「この次は……ええと……何だっけ？」

そばの人間につつかれて、やっと咳払いすると、

「失礼しました！　――ええと、続きまして、垣山大臣より、大統領へ特別なプレゼントが……」

――寿子は会場の隅へ引込んで、

「ありがとう、真弓さん！」

と言った。

「ふざけた奴ね！　射殺しても良かったけど、まあ、ホテルの人が困るでしょ」

と真弓が言った。「次があのルミちゃんね」

「ルミもキスされるのかしら」

「もうこりたでしょ」

と、真弓は言った。

「やったね」

と、ルミは寿子の「大冒険」を見て言った。

「さすが寿子」

「おいおい」

と、山中がルミをつついて、「君は抱きつかれても、ひっぱたいたりしないでくれよ」

「どうかしら」

と、ルミはいたずらっぽく言った。

そこへ司会者の声があって、山中は、

「さあ、これだ」

と、布をかけた大きなものをルミに渡した。

「いいね。大統領の肖像画だ。渡すときに布を外して、しっかり会場へ見せるんだよ」

「任せといて」

ルミは絵を両手でしっかり持ち上げると、ステージへと上って行った。

大統領も、気を取り直した様子で、待っている。

ルミはシャッターを切るカメラの方へニッコリ笑って見せながら、大統領に絵を渡した。

いや、双方で絵の両側を持ったままで、ルミはかけてあった布を外したのである。

そこには大統領の肖像画が――。

「ずいぶんいい男に描かれてるわね」

と、ルミは思わず呟いた。

どうせ日本語、分らないんだから。

確かに、今と同様、軍服に山ほど勲章をぶら下げて微笑んでいる大統領の上半身、大分細身で、しかも下半身は描いていないので、絵の方が実物をかなり上回っていた。

「これはすばらしい！」

と、司会者がオーバーな声を上げる。「大統領の人徳が余すところなく描き出されていますね！」

ルミの感想は少し違った。

「額が高そう」

金色に輝く、立派な額に納まっていたのである。

大統領が、ルミと二人で絵を持ったまま、マイクに向って何か言った。

通訳が、

「私は、こんなにすばらしいプレゼントをもらったことはない、とおっしゃっています」

と言うと、会場は拍手に包まれた。

「さあ、そのまま写真を！　どうぞ！」

司会者が言って、カメラマンがワッとステージの前に集まる。

フラッシュがまぶしく当り、当然絵を持っているルミも写るわけで、ルミはごく自然にニコニコしていられた。

「垣山大臣が登場されます！」

と、司会者が言って、垣山がステージに上って来る。

ルミは垣山に微笑んで見せて、

「代って」

と言った。

もう自分の出番は終ったのだ。

垣山が肯いて、ルミに代って絵の片側を持った。

ルミがステージから下りようとしたとき、バン、と銃声のような音がして、肖像画の額が二つに割れた。

すると——大統領の肖像画がストンと床へ落ちて、その下から全く別の絵が現われたのである。

一瞬当惑の空気が流れたが——。

記者の一人が、

「盗まれたラファエロだ！」

と叫んだ。

「大臣、これはどういうことですか！」

「それは本当にラファエロですか！」

垣山に向って、次々に質問が飛んだ。垣山も大統領も、呆然と突っ立っているばかり。

そして、大統領はいきなりラファエロをひったくるように抱え込むと、ステージを下りてしまった。

「待って下さい！」

マスコミは一斉に大統領を追いかけ始めたのだ。

ステージには、垣山一人が取り残されていた。

「——垣山さん」

ルミが歩み寄って、「どういうこと？」

と訊いた。

「ルミ、向うへ行ってろ」

と、垣山が言った。

「でも——」

「お前には関係ない！　早くここを出るんだ！」

しかし、ルミは動かなかった。

会場は大混乱だった。ラファエロを抱えて、大統領が会場を出ようとしたのだ。

「あの……どうなってるんでしょうか」

司会者が泣き出しそうな声で言った。

そのとき、ステージの前に、コートの男が現われた。

「お前は……」

　垣山が唖然とする。

「一人じゃ死なないぞ」

と、南山は言った。

南山の手にした拳銃が垣山を真直ぐに狙った。引金を引く。

同時に、ルミが垣山の前に飛び出した。

「ルミ！」

崩れるように倒れるルミを、垣山が抱き止めた。

「何だ！」

南山は唖然とした。

ルミが脇腹を押えて、

「早く――逃げて！」

と、垣山へ言った。

「どうしてそんな奴をかばった！」

南山は、駆けつけて来るSPをにらむと、

「――ご苦労だな」

と言って、銃口を心臓の辺りに当てて引金を引いた。

「あらま」

真弓が、この状況には少々ふさわしくない言葉を口にしたが、「南山を逮捕できなかったわ」

「ああ、しかし南山を雇った奴は逮捕できるぞ」

淳一がいつの間にか真弓のそばに戻っていた。

寿子は、やっと我に返ると、

「ルミ！　――ルミ！」

と叫びながらステージに駆け上った。

「垣山さん！　あなたのせいよ！」

と、寿子は涙声で言った。

「ルミ……。どうして俺を助けたりした」

垣山も、ステージに膝をついて、呆然としている。

「そんなことより、早く手当を！」

と、寿子が叫ぶ。「ルミ、しっかりしてね」

「大丈夫。痛いな、やっぱ撃たれると……」

淳一が駆けつけて、

「すぐ救急車が来る」

と言った。「垣山さん。この子はあんたに世話になったことに恩義を感じてたんですよ」

「ルミ……」

「傷は大したことない。大丈夫だ」

と、淳一が言った。

「ね、寿子」

と、ルミが寿子を見上げて、「私……撃たれる演技だけは、寿子より上手くやれる」

「そうだね。負けた」

と、寿子がルミの手を握る。

「まあ！」

と、声がして、寿子はびっくりした。

「お母さん！」

文代は床に倒れている南山を見ていたが、すぐにルミの方へ、

「私に任せて。出血を止めるわ」

と言った。

TVカメラは、大統領を追いかけて行けないので、ステージの一部始終を捉えていた。

「――垣山さん」

と、真弓がやって来た。「ラファエロのこと、この南山って殺人犯のこと。色々伺いますよ」

「ああ……。分ってる」

垣山は肯いたが、「少し待ってくれ。ルミが大丈夫だと見届けたい」

「大臣……」

山中がやって来た。

「山中、女房を連れて帰ってくれ。俺は今日は帰れない」

「分りました」

山中が一礼して足早に立ち去る。

入れ代りに、救急隊員が担架を抱えてやって来た。

「とりあえず、止血の処置はしました」

と、文代が言った。「私は看護師です。すぐ手配しておきますから、私の病院へ運んで下さい」

担架に乗せられて運ばれていくルミに、文代と寿子は付き添って行った。

文代がケータイで病院へ受け入れの準備をするように指示をする。

そしてロビーへ出たとき、

「ざまあ見ろ！」

と、怒鳴る声がした。「大人をバカにすれば、こういう目にあうんだ！」

「川崎先生……」

寿子がキッとにらんで、「何てことを――」

「言ってもむだよ」

と、文代は言うと、川崎へと大またに歩み寄り、拳を固めて川崎の頭を一撃した。

川崎はみごとに一回転して、のびてしまった。

「お母さん、いつボクシング習ったの？」

寿子が目を丸くして言った。

20　レッドカーペット

「ねえ、どう？　どう？」

寿子はさっきから何度も妹の咲子に確かめていた。

「うるさいなあ」

咲子も呆れ顔で、「可愛いよ、それで」

「あ、本気で言ってない。お姉ちゃんのこと、馬鹿にしてるな」

「してないってば！　お母さん！　何とかしてよ」

咲子が文代に助けを求める。文代は笑って、

「寿子にとっちゃ大切な日なのよ。付合ってあげなさい」

と言った。

「私だって、お洒落しなきゃいけないのに」

と、咲子はふくれっつらで言った。

――ともかく、母娘三人、朝から大騒ぎだった。

寿子は淡い水色のドレス。文代は地味なスーツだったが、咲子はピンクのドレス。

「お母さん、もっと派手にすればよかったのに」

と、咲子が言った。

「いいのよ、これで。今日の主役は寿子だから」

と、文代は言って、「もう迎えの車が来る時間ね」

言ったとたん、玄関のチャイムが鳴った。

——あの、盗まれたラファエロを巡る大騒ぎのあったパーティから半年たった。

今日は、寿子が初めて出演した映画のプレミアである。

主演のベテラン女優の妹の役で、寿子は話題性では「主役」だった。

「お迎えに上がりました」

玄関に立っていたのは、何と淳一だった。

「わあ、感激！」

と、咲子が手を打って飛び上った。「私の理想の旦那様！」

「ちょっと」

と、寿子が妹をつついて、「盗《と》らないでよ。淳一さんは私の王子様」

「ありがたいがね」

と、淳一は笑って、「うちの奥さんの前で言うと射殺されるかもしれないから、用心してくれよ」

　文代が出て来て、

「わざわざどうも」

　と、深々と頭を下げた。

「ちょっと待ってね！」

　と、咲子が言った。「最終チェックしてくるから！」

「私も！」

　姉妹が駆けて行くと、

「今日は二人ともすっかり舞い上って」

　と、文代が苦笑した。

「若いころはそれでいいんですよ」

　と、淳一は言った。

「ええ、そうですね。――あの子たちには、何もかもがこれから。恋も結婚も」

　と言うと、文代はちょっと息をついて、「私には、燃え立つような恋なんて、結局ありませんでした」

「文代さん。――南山の手当をされていたのは、あなたですね。検死官が『これ以上の手当はできない』と言っていたそうですよ」

「ええ……。憎らしい人でしたけど、頼って来られると弱い、っていう私のことをよく分ってたみたいです」

　文代はフッと遠くを見るような眼差《まなざ》しになって、「あの人は、別れるときに、私を抱きしめてキスしたんです。あんなキス、生れて初めてでした。――いやだわ、こんなことをお話ししてしまって」

「これからまだ、そんな日が来るかもしれませんよ」

「そうでしょうか。でも――できれば普通の人がいいですね」

と笑った。

　バタバタと姉妹がやって来て、

「お待たせ！」

と、同時に叫んだ。

　マンションの前に待っていたのは、運転手つきの大きなリムジンだった。

「凄い！　こんなの初めて」

と、咲子が急いで写真を撮っている。

　向い合せになった座席に落ちつくと、

「淳一さん、ルミはどうしてる？」

と、寿子が訊いた。

車は静かに走り出していた。警察に色々話は聞かれたようだが、ルミ君自身が何かに関ったわけじゃないからね」

――大統領が「もらった物は自分のものだ！」と主張したラファエロは、結局偽物だったことが判明し、大統領は恥をかいただけで、さっさと帰国してしまった。

そして、垣山はラファエロを盗ませて、ダム建設の受注を有利に運ぼうとしたとして、今も取調べは続いていた。

普通なら、「部下が勝手にやったこと」だと言い逃れするところだろうが、ルミが命をかけて垣山を守ったことは、この古ダヌキの政治家にとってもショックだったようで、自らの罪を認めているということだった。

「――でも、ルミちゃんも偉かったわ」

と、文代が言った。

パーティ会場に残ったTVカメラが、垣山を守って撃たれたルミを捉えていて、ルミはたちまち「話題の人」になってしまった。

垣山の愛人になって、タレントになろうとしていたのは確かだが、「自分の身を捨てて垣山大臣を助けた」姿は、「健気《けなげ》だ！」と評判になった。

「ルミちゃんのお母さんはこの間退院されました」

と、文代が言った。「ルミちゃんにも、どんどん仕事が来てるんですって」

「良かった！」

と、寿子はホッとした様子で、「会いたいな。今なら真田さんも文句言わないでしょ」

すると、運転席との仕切りの窓が開いて、

「呼んだ？」

と、ルミが顔を出した。

「ルミ！」

「お祝い言いたくて。助手席に座らせてもらってる」

と、ルミは言った。「おめでとう、寿子」

「ありがとう」

寿子は言った。「ね、ルミ、一緒にレッドカーペット歩こうよ」

「だめだよ。今日は寿子の日。大体、私、そういう格好してない」

すると淳一が、

「車を停めてくれ」

と言った。「ルミ君、入れ代ろう。この座席の下に、君のドレスがある」

「え？　でも——」

「ただし、うちの奥さんの見立てだから、少し派手かもしれないぜ」

リムジンが停り、淳一は助手席へ、ルミが後ろへ移った。

「ゆっくりやってくれ」

と、淳一は運転手に言った。

——劇場の前は人で溢れていた。

リムジンが停ると、淳一は素早く降りて、

「ご苦労さん」

と、現場に立っているガードマン、大月ハルに声をかけた。

「淳一さん、ありがとう。水戸さんも向うのロープの所にいます」

と、ハルが言った。

「元気で良かった」

「でも、本物のラファエロってどこにあるんですか？」

「さあ……。その内、隠れてるのに飽きて、自分から出て来るかもしれないぜ」

と、淳一は言った。

「あなた！」

と、真弓がやって来た。

「何だ、今日はドレスじゃないのか」

真弓は地味なパンツスーツだった。

「私だって、わきまえてるわよ」

と、真弓は言った。「後のパーティのときに着替えるわ」

人々の間から拍手が起った。寿子とルミが手を取り合ってリムジンから降りて来たのである。

「レッドカーペットが似合うわね」

と、真弓が言った。「——私の次に」

寿子とルミは、まぶしいフラッシュの光の中、真紅のカーペットを仲良く進んで行った……。

解説

山前　譲
（推理小説研究家）

オーディションには落ちたものの思いがけずアイドルの道を歩むことになるあすかが主人公の『ゴールド・マイク』や、なんと人気アイドルの替え玉をすることになってしまった沙也《さや》を主人公にしての『鏡よ、鏡』と、徳間文庫から芸能界を舞台にした赤川作品が刊行されています。

六百冊を超えた赤川作品のなかには他にも、『ト短調の子守歌』や『殺人はそよ風のように』など、いくつもアイドルを主人公にした長編がありますが、昔も今も、芸能界に憧れる人が多いのは間違いないでしょう。そして最近は、アイドルへの道がさまざまな形で拓《ひら》けているようです。

〈夫は泥棒、妻は刑事〉シリーズの記念すべき二十冊目であるこの『泥棒たちのレッドカーペット』も、芸能界がメインの舞台となっています。警視庁でナンバーワンの美人刑事（多分、ですが）である今野真弓《こんのまゆみ》が、いよいよ歌手とか女優とかで芸能界にデビューすることに⁉

そんな期待を抱いた読者もいるかもしれませんが、残念ながら（？）この長編で真弓が芸能界デビューを果たしているわけではありません。かつて同じ高校に通っていたふたりの女の子が、それぞれに悩み苦しみながら、芸能界へと足を踏み入れていくなかで、いくつもの事件が起こっています。

多くの若者たちが行き来している通りで、結木寿子《ゆうきとしこ》と上田《うえだ》ルミが偶然再会しました。寿子は修学旅行で、そしてルミ子は未来のスターを捜しているスカウトの目に止まりたくて、その通りにいたのです。ふたりは喫茶店で久々に語り合いますが、それをスカウトマンの真田《さなだ》が聞いていました。そして独特の「魅力ある声」にピンときたのです。ひとりが去ったあと、声をかけます。寿子のほうに……。

一方、カフェでウェイトレスのアルバイトを始めたルミは、その店でひいきにしてくれていた八田《はった》社長のトラブルを解決するため、垣山《かきやま》大臣に接近するのでした。彼女が急に転校して上京することになった経緯も、明らかになっていきます。そこには身勝手な大人の事情がありました。そして今、ルミはそんな大人の事情を踏み台にして、芸能界への道を見出《みいだ》そうとするのです。

スポットライトを浴びる華やかな芸能界に憧れる人がたくさんいる一方で、そんな世界は自分には向かないとスカウトされても断る人もいるでしょう。人生のさまざまな転機が寿子とルミの物語から見えてきます。

今野真弓にもこれまでいくつか転機はあったと思いますが、ちょっと現実的な話をしてしまいますと、もし街中でスカウトされたとしても、現在は公務員である真弓が兼業で芸能活動をすることは不可能なような気がします。だいたい、兼業を許可してしまうと、警視庁のトップである警視総監が蒼ざめるようなことをしかねません。たとえば生放送のスタジオで拳銃をぶっぱなしてしまうとか……。

しかし、数多い赤川作品のシリーズ・キャラクターのなかには、テレビや映画、あるいは舞台などで活躍してもまったく違和感のないキャラクターがたくさんいます。

たとえば『灰の中の悪魔』ほかでの私立花園学園の高二トリオです。クラスメイトである矢吹《やぶき》由利子《ゆりこ》、桑田《くわた》旭子《あきこ》、弘野《ひろの》香子《きょうこ》の三人は、それぞれに個性的で、タレントの原石と言えそうです。すでに『スクリーンの悪魔』では、一年後輩の久米《くめ》ゆかりが銀幕デビューを果たしたことで、三人はボディガード兼エキストラで撮影に参加していました。『シンデレラの悪魔』では、十六歳で大手プロダクションにスカウトされた三枝《さえぐさ》千秋《ちあき》に降りかかるトラブルを解決しています。正統派の役者になることを夢見ている桑田旭子はもちろんのこと、そのうちこのトリオが本格的に芸能界にデビューするかもしれません。

『真夜中のオーディション』と『死はやさしく微笑む』の二冊の連作集がまとめられている〈真夜中のオーディション〉シリーズの戸張《とばり》美里《みさと》は、役者の卵ということなので、一番芸能界に近いキャラクターと言えるでしょう。ですから、奇妙なアルバイトから事件に巻き込まれてばかりなのは、彼女にとって不本意なことだったはずです。

デビュー作の「幽霊列車」以来、数多くの作品で鮮やかな謎解きを見せている永井《ながい》夕子《ゆうこ》は、頭脳明晰なまさに名探偵ですから、情報番組の司会者とかコメンテーターにぴったりなような気がします。不可解な事件が多い昨今、ズバッと真相に迫ってくれると思いませんか？

〈三毛猫ホームズ〉シリーズの片山晴美《かたやまはるみ》は明朗快活、事件現場のリポーター役にうってつけですが、このシリーズの一番のタレントはやっぱり絹のような毛並みのホームズだと断言できます。請われて舞台に立ったこともこれまであるので、ＣＭぐらいなら簡単にこなしてくれるでしょう。

赤川作品のシリーズキャラクターのなかでもっとも個性的な大貫《おおぬき》警部が、たとえばドラマに出演したら、視聴者はかなり驚き、そして印象に残るに違いありません。彼が解決（？）した事件のなかには芸能界絡みのものもいくつかあります。たとえば「偶像崇拝殺人事件」は人気絶頂のアイドルグループのコンサートの最中に事件が起こっていました。もしかしたら芸能プロダクションやテレビ局のディレクターがすでに大貫のユニークさに目を付けているかも……いや、これこそ公務員に決められている兼業の制限を理由にして止めさせるべきでしょう。

『泥棒たちのレッドカーペット』に登場するスカウトマンの真田なら、はたして誰をスカウトするでしょうか――。それはともかく、彼が発掘した寿子はプロダクションに入って演技や歌のレッスンを始めます。小さな役ながらテレビドラマの出演も決まりました。真田は「今年一番の掘り出し物になること、間違いなしです」と太鼓判を押すのですが、その真田が真弓の高校時代の友人だったことから、今野夫妻は寿子のタレントとしての成長ぶりを見守ることになります。

ところが淳一は、なんと八田社長が抱えたトラブルに関係していたのです。それは「本業」のほうでしたが、垣山大臣をめぐる欲望と策謀《さくぼう》を注視するなかで、今野夫妻はルミのことも気にかけるようになるのでした。そして起こった不可能な事件！

タイトルにあるレッドカーペット、直訳すると赤い絨毯《じゅうたん》ですが、西洋では古くから赤い道が神々や高貴な人々が通る道とされていたそうです。それが絨毯となったのは二十世紀になってからのようで、さらにＶＩＰ用など何かしらのイベントにおける特別なルートとして、赤い絨毯がポピュラーなものとなっていきます。

今一番お馴染《なじ》みなのは、映画界のイベントの最高峰であるアカデミー賞でのレッドカーペットでしょうか。毎年、スターたちがそこを歩いて賞の発表会場へと向かっていく姿が、テレビで放映されています。日本で行われる映画祭でも、レッドカーペットが敷かれていることがよくあります。赤川作品を原作とした映画は、これまで何作も製作されてきました。はたして赤川さんは、レッドカーペットを歩いたことがあるのでしょうか？

そして、「読楽」に連載（二〇一五年五月〜二〇一六年十一月）ののち、二〇一七年一月にトクマ・ノベルスの一冊として刊行された、この『泥棒たちのレッドカーペット』のレッドカーペットです。レッドカーペットがよく似合う泥棒というと、アルセーヌ・ルパンに怪人二十面相……そしてダンディな今野淳一《じゅんいち》ですが、ここでは彼は華やかな舞台を演出する役どころに回っています。それでは、誰がレッドカーペットを歩くことになるのでしょう。錯綜《さくそう》する事件の謎解きとともに、いやそれ以上に興味をそそられませんか？

二〇一九年八月

この作品は２０１７年1月徳間書店より刊行されました。
なお、本作品はフィクションであり実在の個人・団体などとは一切関係がありません。

徳間文庫

夫は泥棒、妻は刑事⑳

泥《どろ》棒《ぼう》たちのレッドカーペット

2019年9月15日 初刷

著者 赤《あか》川《がわ》次《じ》郎《ろう》

発行者 平野健一

発行所 東京都品川区上大崎三-一-一 目黒セントラルスクエア 〒141-8202 株式会社徳間書店

電話 編集〇三(五四〇三)四三四九 販売〇四九(二九三)五五二一

振替 〇〇一四〇-〇-四四三九二

印刷 製本 大日本印刷株式会社

ISBN978-4-19-894495-7 (乱丁、落丁本はお取りかえいたします)